中国现代《诗经》学经典文丛

王长华 董素山 主编

《毛诗》词例举要

刘师培 著

易卫华 整理

河北出版传媒集团

河北教育出版社

图书在版编目（CIP）数据

《毛诗》词例举要 / 刘师培著；易卫华整理.
石家庄：河北教育出版社, 2025.3. -- (中国现代《诗经》学经典文丛 / 王长华, 董素山主编). -- ISBN 978-7-5545-8987-8

Ⅰ. I207.222

中国国家版本馆CIP数据核字第2024RH1794号

《毛诗》词例举要

MAOSHI CILI JUYAO

主　　编　王长华　董素山
作　　者　刘师培
整　　理　易卫华
责任编辑　付宏颖　王　莉
装帧设计　于　越
出版发行　河北出版传媒集团
　　　　　河北教育出版社　http://www.hbep.com
　　　　　（石家庄市联盟路705号，050061）
印　　制　河北清静堂印刷有限公司
开　　本　890mm×1240mm　1/32
印　　张　6
字　　数　110千字
版　　次　2025年3月第1版
印　　次　2025年3月第1次印刷
书　　号　ISBN 978-7-5545-8987-8
定　　价　50.00元

丛书编委会

主　编　王长华　董素山

副主编　汪雅瑛　马海霞

编委会（按姓氏笔画排序）

马银琴　王承略　刘立志　刘跃进

杜志勇　李　山　张　育　易卫华

贾雪静　詹福瑞

总　序

◎王长华

伴随着 40 年中国学术研究整体上的飞速发展,《诗经》学研究这一学术分支也取得了此前罕有的进步和引人瞩目的成绩。不过, 在《诗经》学内部, 相对于古代《诗经》学史研究的全方位推进, 现代《诗经》学的研究显得还不那么充分, 它还存在很多有待开垦和研究的区域与空间。正是基于对这一现实状况的基本判断, 河北教育出版社领导与《诗经》学界有关专家学者经过认真研讨磋商, 决定编辑出版这套"中国现代《诗经》学经典文丛"。

所谓"现代"是个历史概念, 学界一般认为学术史的"现代"起自 1911 年辛亥革命之后, 截止于 1949 年 10 月 1

日中华人民共和国成立，这段时间屈指算来还不足 40 个年头。就是在这短短的不到 40 年的历史时段中，中国《诗经》学研究发生了前所未有的堪称翻天覆地的巨大变化，涌现出了一批学术名家著成的《诗经》研究名作。

追溯历史，自汉代初年开始直到 20 世纪初清王朝结束，《诗经》在长达两千多年的时间里一直都占居"经"之地位，历代《诗经》研究者当然也必须遵从经学研究的家法和路数来解读它和阐释它，其间虽在宋代和明后期短时间内出现过部分学者突破经学藩篱，直陈《诗经》一些篇章里包含有普通人的情感而由此呈现出文学元素，但这些研究终究未能真正成为那个时代《诗经》研究的主流。历史进入现代，随着西学东渐历史大势的发生，一批留学欧美和日本，深受西方学术思想影响和饱经西方学术训练的学者归国，从此，中国《诗经》学研究翻开了新的篇章，这批学术新锐由初登文坛的青年才俊而迅速茁壮成长为书写《诗经》研究新历史篇章的著名学者，如章太炎、王国维、梁启超、胡适、郭沫若、闻一多，以及傅斯年、顾颉刚、谢无量等，他们各自携带自己成熟或不太成熟、措辞激烈或相对温和、直陈本心或舒缓抒情的著述，先后登上了中国《诗经》研究的历史舞台。于是，现代《诗经》学史上随之而陆续出现了诸名家基于对中国传统文化的批判、对中国文化现实的改造以及对中国文化未来命运重塑的初心，以《诗经》为突破口，渐次发起了白话文运动、东西文化论战、整理国故运动等与社会变革息息相关的一系列探究和争鸣，他们无所顾忌地引进和使用西方的学术理念和学术思想，恣意大胆地对《诗经》进行重新看待、重新定位和重新评价，其中涉及的问题包括《诗经》的作者、《诗经》的结集、《诗经》的性质、《诗经》中的赋比兴、《毛序》的作者及性质、《诗经》与白话、《诗经》与民歌等。

在看似纷繁复杂的现代《诗经》学 40 年历史变迁中，我们如果细心梳理分析，就不难发现这些学者名家几乎是始终如一地坚持了一个本心，那就是把两千多年的经学的《诗经》判定为文学的《诗经》，把诗篇文本中描绘的神圣的历史圣王圣迹判定为平民百姓的日常生活。从学术逻辑看，这段历史先后经过了把《诗经》还原为历史，再把历史定性为史料，之后又由史料平移而命名为文学，从而最终抵达了他们认为《诗经》原本应该抵达的终点。其实，视《诗经》为文学，不仅是中国现代史上学者们的使命，1949 年进入当代以后，《诗经》学界的绝大部分学者所从事的《诗经》研究工作仍然继续坚持了这一方向。历史一再证明，同时代人无法完全跳出身处的时代真正看清自己的作为和理性评判自己的功过。让《诗经》研究摒弃经学而走向文学，是现代《诗经》学 40 年的最突出贡献。这套丛书所展示的就是历史上这 40 年里诸名家有代表性的学术成果。是非功过，期待有更多读者参与的更长时段的历史作出鉴定。

　　需要说明的是，学术的发展原本不会完全随着政治的变换和历史断代的变化而变迁，它除了随历史而变动，同时还固执地持守自身的变化和发展逻辑。所以，我们在本丛书中，除了收有1911年到1949年的《诗经》名家代表作外，还收入了部分属于清末学者的有代表性的著作，以此呈现一个历史阶段学术变迁的完整性。另外，此次出版这套丛书，整理者主要做了四方面工作：一是变竖排为横排；二是变繁体为简体；三是加新式标点；四是修订原书中的误植字。而由于时代变迁彼时以为对此时颇觉可商的用字、用词，以及一些带有方言色彩的习惯性表述，我们本着还原历史、尊重原著者的原则，均不作改动，一仍其旧。此心此意，尚祈读者诸君明鉴。

2024年8月20日初稿

2025年元月3日改定

目　录

《毛诗》词例举要（略本）／ 131

《毛诗》词例举要（详本）

仪征刘师培申叔 著

易卫华 整理

连类并称例 ①

《小雅·信南山》篇"南东其亩"，《毛传》云："或南或东。"《传》云此者，欲见天下有东向之亩，亦有南向之亩，与《斯干》篇"西南其户"不同。彼篇，《传》云："西向户，南向户。"明西、南皆有户，非谓或西或南也。《疏》引孙毓云："犹'南东其亩'。"疑非。

《大雅·绵》篇"鼛鼓弗胜"，《传》云："或鼛或鼓，言劝事乐功也。"《嵩高》篇"文武是宪"，《毛传》云："言有文有武也。"

《鄘风·定之方中》篇"騋牝三千"，《传》云："騋马与牝马也。"

《郑风·丰》篇"叔兮伯兮，驾予与行"，《传》云："叔、伯，迎己者。"此设言己夫之字，或伯或叔。《小雅·楚茨》篇"以绥后禄"，《传》云："绥，安也。安，然后受福禄也。"

《车攻》篇"选徒嚣嚣"，《传》云："惟数车徒者为有

① 《〈毛诗〉词例举要（详本）》《〈毛诗〉词例举要（略本）》《〈毛诗〉札记》均根据《刘申叔遗书》本整理，文内所有页下注为整理者添加。

声也。"

《唐风·山有枢》篇"何不日鼓瑟",《传》云:"君子无故,琴瑟不离于侧。"《小雅·角弓》篇"受爵不让",《毛传》云:"爵禄不以相让。"

《大雅·江汉》篇"锡山土田",《毛传》云:"诸侯有大功德,赐之名山土田附庸。"

举类为释例

《传》于经文鸟兽草木之名,必据《尔雅》为释,此正例也,亦有仅举大名为释者,如《召南·草虫》篇"言采其薇"之"薇",《魏风·汾沮洳》篇"言采其莫"之"莫",《唐风·采苓》篇"采葑采葑①"之"葑",《小雅·采芑》篇"薄言采芑"之"芑",《大雅·绵》篇"堇荼如饴"之"堇",《传》均诂"菜",或云"菜名"。《小雅·采薇》篇"采薇采薇",亦诂"菜"。《召南·驺虞》篇"彼茁者蓬"之"蓬",《王风·扬之水》篇"不流束蒲"之"蒲",《陈风·防有鹊巢》篇"邛有旨苕"之"苕",《曹风·下泉》篇"浸彼苞蓍"之"蓍",《小雅·鹿鸣》篇"食野之芩"之"芩",《南山有台》篇"北山有莱"之"莱",《大雅·文王有声》篇"丰水有芑"之"芑",《传》均诂"草",或云"草名"。又《卫风·芄兰》篇"芄兰

---

① 原文作"菲",今据《毛诗正义》改作"葑"。

之支",《传》云:"芄兰,草。"《豳风·七月》篇"四月秀葽",《传》云:"葽,
葽草。"《郑风·溱洧》篇"赠之以勺药",《传》云:"勺药,香草。"《周颂·良
耜》篇"以薅荼蓼",《传》云:"蓼,水草。"《陈风·东门之枌》篇"贻
我握椒",《传》云:"椒,芳物。"从《疏》所引定本,今本作"椒,
芬香也",非。《邶风·简兮》篇"山有榛"之"榛",《王风·扬
之水》篇"不流束楚"之"楚",《郑风·将仲子》篇"无折
我树杞"之"杞",《山有扶苏》篇"山有乔松"之"松",
《秦风·晨风》篇"山有苞栎"之"栎",《传》均诂"木",
或云"木名"。又《召南·野有死麕》篇"林有朴樕",《传》云:"朴樕,小
木。"《大雅·卷阿》篇"梧桐生矣",《传》云:"梧桐,柔木。"《魏风·伐
檀》篇"有县鹑兮"之"鹑",《传》训为"鸟"。又《大雅·凫
鹥》篇"凫鹥在泾",《传》云:"凫,水鸟。"《齐风·还》篇"并驱从
两狼兮"之"狼",《魏风·伐檀》篇"有县狟兮"之"狟",
《传》训"兽名"。又《小雅·何草不黄》篇"匪兕匪虎",《传》云:"兕、
虎,野兽。"均其证也。其有举类为释者,如《鄘风·定之方
中》篇"椅①桐梓漆",《传》云:"椅,梓属。"《豳风·七
月》篇"六月食郁及薁",《传》云:"郁,棣属。"《小雅·角
弓》篇"毋②教猱升木",《传》云:"猱,猿属。"《大雅·灵
台》篇"鼍鼓逢逢",《传》云:"鼍,鱼属。"《大雅·凫鹥》
篇"凫鹥在泾",《传》云:"鹥,凫属。"是也。《魏风·硕鼠》

① 原文作"猗",今据《毛诗正义》改作"椅"。
② 原文作"无",今据《毛诗正义》改作"毋"。

篇"无食我苗",《传》云:"苗,嘉谷。"其例亦同。援是以
推,知《曹风·下泉》篇"浸彼苞萧",《传》云:"萧,蒿。"
《小雅·蓼萧》篇"蓼彼萧斯",传同。乃以"萧"为蒿属。《周颂·思
文》篇"贻我来牟",《传》云:"牟,麦。"乃以"牟"为麦
属。《说文》:"䅘,来䅘,麦也。"均举大名况小名也。《豳风·七月》
篇"五月鸣蜩",《传》云:"蜩,螗也。"《小雅·小弁》篇
"鸣蜩嘒嘒",《传》云:"蜩,蝉也。"《大雅·荡》篇"如蜩如
螗",《传》云:"蜩,蝉也。"训释不同。盖蜩、蝉及螗,对文
则别,散文则通,《传》故举类互况也。又《卫风·硕人》篇
"葭菼揭揭",《传》云:"葭,芦。菼,薍也。"《豳风·七月》
篇"八月萑苇",《传》云:"薍为萑,葭为苇。"是葭及芦、苇
为一物,菼、薍及萑别为一物。乃《王风·大车》篇"毳衣
如菼",《传》云:"菼,雏也,芦之初生者也。"《疏》谓《传》
以芦、菼为一,不知芦之与菼,浑言则通,析言则别。传文
以芦况菼,欲明菼亦芦属,非谓菼、芦实一物也。近段玉裁、陈
奂均易《传》"芦"字为"萑",非是。传文之例,有先后异释,互见
详略者,如《唐风·采苓》篇"采葑",《传》云:"菜名。"
而《邶风·谷风》篇"采葑采菲",《传》则云:"葑,须。"
《陈风·防有鹊巢》篇"旨苕",《传》云:"苕,草。"而《小
雅·苕之华》篇,《传》则云:"苕,陵苕。""蜩""菼"异释,
例与此同。

　　《大雅·韩奕》篇"维笋及蒲",《传》云:"笋,竹也。"

《传》之原文如此，故《笺》云"笋，竹萌"，以补传意。陈奂《疏》疑《传》"竹"下有"夺"字，非也。竹为大名，故《传》以"竹"释"笋"，此与以"蒿"释"萧"，以"麦"释"牟"例同。

《传》于器物之名，亦有举大名为释者，如《大雅·江汉》篇"秬鬯一卣"，《传》云："卣，器。"是也。

其有举类为释者，如《周南·卷耳》篇"不盈顷筐"，《传》云："顷筐，畚属。"《桧风·匪风》篇"溉之釜鬵"，《传》云："鬵，釜属。"《小雅·鹿鸣》篇"承筐是将"，《传》云："筐，筥属。"是也。援是以推知，《小雅·伐木》篇"干糇以愆"，《传》云："糇，食。""糇，食"本《尔雅·释言》。《鲁颂·閟宫》篇"毛炰胾羹"，《传》云："胾，肉也。"《烈祖》篇"既载清酤"，《传》云："酤，酒。"亦举大名为释，是犹《周颂·维清》篇"肇禋"，《传》云："禋，祀。"以"禋"为"祀"名也。故《小雅·伐木》篇"无酒酤我"，《传》云："酤，一宿酒。"与《烈祖》传详略互见，犹之《召南·采蘋》篇"维筐及筥"，《传》曰"方曰筐"，与《卷耳》传详略互见也。又如《郑风·遵大路》篇"掺执子之祛兮"，《传》云："祛，袪。"《唐风·羔裘》篇"羔裘豹祛"，《传》云："祛，袂末。"据本《疏》所引定本及《郑风》疏所引。二传不同，盖后传乃详释之词，前传仅举大名为释。《郑风》疏云："'祛''袪'不同，此云'祛，袪'者，以'祛''袪'俱是衣袖，本末别耳，故举类以晓人。《唐风》取本末为义，故言'袂末'。"其说是也。是犹《小雅·无羊》篇"麾之以肱"，"肱"即"厷"字，《说文》训

"厷"为"臂上"，而本传仅云："肱，臂也。"此例既明，则知传文前后不同者，属于详略互见，非义有抵牾也。

《尔雅·释水》篇曰："小洲曰渚，小渚曰沚，小沚曰坻。"《召南·江有汜》篇"江有渚"，《传》云："渚，小洲。"《秦风·蒹葭》篇"宛在水中沚"，《传》云："小渚曰沚。"均本《雅》诂。又《召南·采蘩》篇"于沼于沚"，《传》云："沚，渚。"《大雅·凫鹥》篇"凫鹥在渚"，《传》云："渚，沚。"与《尔雅》稍别。《关雎》疏谓《传》互言晓人，其《蒹葭》篇"宛在水中坻"，《传》复互"坻"为"小渚"。《关雎》疏谓"沚""渚"大小异名，"坻"亦"小渚"，故举"渚"言，其说深得传意。此亦举类为释例也。明于此例，则知《郑风·大[1]叔于田》篇"叔在薮"，《传》云："薮，泽。"乃举"泽"况"薮"，明其同类，非谓"薮""泽"对文不异也。

《大雅·皇矣》篇"以伐崇墉"，《传》云："墉，城也。"《说文》："墉，城垣也。"

《秦风·无衣》篇"与子同袍"，《传》云："袍，襺也。"《玉藻》："纩为襺，缊为袍。"《说文》："袍，襺也。""襺，袍衣也。从衣茧声。[2] 以絮曰襺，以缊曰袍。"○作桢按：今本《毛传》作"襺"。

---

① 原文无"大"字，今据《毛诗正义》补之。

② 原文无"从衣茧声"，今据《说文解字》补之。

《大雅·泂酌》篇"可以饎饎",《传》云:"饎,酒食[①]也。"《释言》:"饎、馏,饪也。"《疏》云:"饎必馏而熟之,故言饎馏,非训饎为馏。"孙炎云:"蒸之曰饎[②],均之曰馏。"《说文》:"饎,一蒸米也。""馏,饭[③]气流也。"〇作桢按:今本《毛传音义》作《尔雅》"饎、馏,饪也",《疏》引《释训》言作"饎、馏,稔也"。

《大雅·行苇》篇"嘉殽脾臄",《传》云:"臄,函也。"《疏》引服虔《通俗》又云:"口上曰臄,口下曰函。"《商颂·长发》篇"武王载斾",《传》云:"斾,旗也。""旗"为九旗大名。

增字为释例

《邶风·静女》篇"静女其姝",《传》云:"静,贞静也。""静"与"贞"各为一义,《传》以此文言"静",义兼"贞"言,故并言"贞静"。《文选·思玄赋》注引《韩诗》:"静,贞也。"陈奂《疏》据之,疑《毛传》"静""贞"同义。然《邶风·柏舟》篇训"静"为"安",是"静""贞"义虽相成,非必一义。

《鄘风·君子偕老》篇"子之清扬",《传》云:"清,视清明也。""明"与"清"各为一义,《传》以此文言"清",义晐"明"言,故并言"清明"。《齐风·猗嗟》篇"猗嗟名兮,美

---

① 原文作"馏",今据《毛诗正义》改作"酒食"。
② 原文作"饎",今据《尔雅·释言》改作"饎"。
③ 原文作"饮",今据《尔雅·释言》改作"饭"。

目清兮"，《传》云："目上为名，目下为清。"说本《尔雅·释训》，"名"与"明"同。《礼记·檀弓》："子夏丧其子而丧其明。"《汉郭君碑》用作"卜商丧子失名"，此其证。援此以推，知《猗嗟》"清名"即此传"清明"。彼《传》分"清""名"为二义，则知此传"清""明"亦各为一义矣。又《大雅·烝民》篇"穆如清风"，《传》云："清微之风，化养万物者也。"亦以《经》云"清风"，义实兼谓"清微"，此一例也。

《大雅·瞻卬》篇"此宜无罪，女反收之"，《传》云："收，拘收也。"《传》明经文云"收"，必先施以拘执，因并言拘收，以足经义，此一例也。《大雅·荡》篇"疾威上帝"，《传》云："疾病人矣，威罪人矣。"《传》用二"矣"字，知以"疾病人"释经之"疾"，"威罪人"释经之"威"。"疾""病"义虽略同，"威""罪"则为二义，谓以威临人，并以罪施人也。《经》以"罪人"足明经文"威"义。例亦与上略同。

《小雅·六月》篇"比物四骊"，《传》云："物，毛物也。"明"物"为毛物之物。《楚茨》篇"礼仪卒度"，《传》云："度，法度也。"明"度"为法度之度。又《唐风·扬之水》篇"我闻有命"，《传》云："闻曲沃有善政命。"亦以明此文之"命"即政命之命，此一例也。《大雅·抑》篇"维德之隅"，《传》云："隅，廉也。"《传》本作"隅，廉隅"，与"物，毛物""度，法度"例同。《疏》以《集①注》、定本无"隅"字为是，疑非。

《鄘风·君子偕老》篇"扬且之皙也"，《传》云："皙，

---

① 原文无"集"字，今据《毛诗正义》补之。

白皙。""白""皙"义同，因以"白皙"释"皙"。《相鼠》篇"人而无止"，《传》云："止，所止息也。""止""息"义同，因以"止息"释"止"。《王风·扬之水》篇"扬之水"，《传》云："扬，激扬也。"《郑风·扬之水》传同。"激""扬"义近，因以"激扬"释"扬"。《秦风·无衣》篇"与子同泽"，《传》云："泽，润泽也。""润""泽"义近，因以"润泽"释"泽"。《小雅·六月》篇"有严有翼"，《传》云："严，威严也。"陈奂《疏》以此"严"为衍字，疑非。"威""严"义近，因以"威严"释"严"。《十月之交①》篇"十月之交"，《传》云："之交，日月之交会。""交""会"义符，因以"交会"释"交"。《大雅·召旻》篇"昏椓靡共"，《传》云："椓，夭椓也。""夭""椓"义近，因以"夭椓"释"椓"。《商颂·那》篇"既和且平"，《传》云："平，正平也。""平""正"义同，因以"正平"释"平"。又《齐风·鸡鸣》篇"朝既昌矣"，《传》云："朝已昌盛。"《传》即以"盛"释"昌"。《豳风·七月》篇"六月莎鸡振羽"，《传》云："莎鸡羽成而振讯之。"《传》即以"讯"释"振"。《小雅·大东》篇"不成报章"，《传》云："不能反报成章也。"《传》即以"反"释"报"。《大雅·既醉》篇"摄以威仪"，《传》云："言相摄佐者以威仪也。"《传》即以"佐"释"摄"。《卷阿》篇"有冯有翼"，

---

① 原文无"之交"，今据《毛诗正义》补之。

《传》云："道可冯依，以为辅翼也。"《传》即以"依"释"冯"，以辅况翼。此一例也。又如《齐风·卢令》篇"其人美且仁"，《传》云："尽其仁爱。"《桧风·羔裘》篇"日出有曜"，《传》云："日出照曜。"《小雅·小旻》篇"或圣或否"，《传》云："人有通圣者。""或哲或谋"，《传》云："亦有明哲者，有聪谋者。""或肃或艾"，《传》云："有恭肃者。"《小雅·采菽》篇"绋纚维之"，《传》云："明王能维持诸侯也。"《郑风·狡童》篇"彼狡童兮"，《传》云："昭公有壮狡之志。"《大雅①·大明》篇"不显其光"，《传》云："造舟，然后可以显其光辉。"《大雅①·荡》篇"以无陪无卿"，《传》云："无陪贰也②，无卿士也。"《小雅·斯干》篇"无非无仪"，《传》云："妇人质，无威仪也。"《节南山》篇"无小人殆"，《传》云："无以小人之言，至于危殆。"○作桢按：《论语》"思而不学则殆"，朱注"危殆，不安"，正仿《毛传》。《蓼萧》篇"我心写兮"，《传》云："输写其心也。"《无羊》篇"众维鱼矣"，《传》云："阴阳和，则鱼众多也③。"《商颂·那》篇"衎我烈祖"，《传》云："烈祖，汤有功烈之祖也。"《邶风·击鼓④》篇"不我活兮"，《传》云："不与我生活也。"《郑风·扬之水》篇"不流束楚"，《传》

---

① 原文作"小雅"，今据《毛诗正义》改作"大雅"。
② 原文作"矣"，今据《毛诗正义》改作"也"。
③ 原文作"矣"，今据《毛诗正义》改作"也"。
④ 原文作"终风"，今据《毛诗正义》改作"击鼓"。

云："可谓不能流漂束楚乎？"《大雅·皇矣》篇"无然畔援"，
《传》云："无是畔道，无是援取。"《思齐》篇"肆戎疾不殄"，
《传》云："故今大疾害人者，不绝之而自绝也。"《郑风·子
衿》篇"子宁不来"，《传》云："不来者，言不一来也。"

《小雅·采薇》篇"薇亦刚止"，《传》云："少而刚也。"
《大雅·生民》篇"实发实秀"，《传》云："发，尽发也。"
《传》以"刚"义、"发"义不待解释而明，惟经文之"刚"
实为少刚，经文之"发"实为尽发，故亦增字为释。是犹
《小雅·正月》篇"其车既载"，《传》云："大车重载也。"援
经为释，不涉字义。又《魏风·陟岵》篇"夙夜无寐"，《传》
云："无寐，无者寐也。"《传》以无寐非尽无寐，因以寐为者
寐，亦与字义无涉。此又一例也。《王风·中谷有蓷》篇"暵其脩矣"，
《传》云："脩，且干也。""脩"本训"干"，惟此经之"脩"则为"且干"。

《鄘风·相鼠》篇"相鼠有体"，《传》云："体，支体
也。"《疏》申毛说，谓："上云'有皮''有齿'，已指'体'
言之。明此言'体'非遍体也，故为支体。"其说深许毛义。
援是以推知《郑风·清人》篇"中军作好"，《传》云："居军
中为容好。"明此"好"字专属于"容"。《周颂·载芟》篇
"侯强侯以"，《传》云："强，强力也。"明此"强"字专属于
"力"。此又一例也。

《小雅·鱼丽》篇"鱼丽于罶"，《传》云："丽，历也。"
《释文》云："丽，力驰反。丽，历也。"是毛以"丽历"释

"丽"。盖"丽历"□[①]词,与"丽廔"同,《传》以经文云"丽"与"丽历"同,是犹以□□释□也[②]。《郑风·大叔于田》篇"火烈具扬",《传》云:"扬,扬光也。"盖以"扬光"释"扬"。或读"扬扬"为句,谓《传》以重言释单言者,非是。《小雅·角弓》篇"见晛曰流",《传》云:"流,流而去也。"亦以"流而去"释"流"。

《小雅·宾之初筵》篇"载号载呶",《传》云:"号呶,号呼讙呶也。"《传》以"号呼"释"号","讙呶"释"呶",故复举经文"号呶"二字以明其义,非单以"呼"释"号"也。

(《周南·兔罝》篇"椓之丁丁",《传》云:"丁丁,椓杙声也。"按:《传》不释"椓"字,其以"丁丁"为"椓杙声",即以"椓杙"释"椓"。)

传备两解例

《传》于经训,偶备两解者,均以前说为正。如《小雅·天保》篇"俾尔单厚",《传》云:"俾,使。单,信也。或曰:单,厚也。""信"为正解,"厚"则博异说也。《大雅·绵》篇"古公亶父",《传》云:"亶父,字。或殷以名言,质也。"字为正解,名则广异义,亦疑词也。若《周

---

① 原文如此,未详。

② 原文如此,未详。

颂·有瞽》篇"崇牙树羽"，《传》云："捷业如锯齿。或曰画之。""或曰"，《说文》作"以白"，自系传写之讹，用段玉裁《小笺》说。非传备两解也。《疏》于此条，以为《传》为两解，则文误已久。

《鲁颂·閟宫》篇"閟宫有侐"，《传》云："先妣姜嫄之庙，在周常闭而无事。孟仲子曰：'是禖宫也。'"以禖宫与姜嫄庙为一。

《鄘风·定之方中》篇"作于楚宫"，《传》云："楚宫，楚丘之宫也。仲梁子曰：'初立楚宫也。'"释经"作"字之义。《周颂·维天之命》"于穆不已"，《传》云："孟仲子曰：'大哉，天命之无极，而美周之礼也。'"《诗谱》云："子思论《诗》'于穆不已'，仲子曰：'于穆不似。'"《疏》云："《传》盖取其所说而不从其读，故王肃述毛，亦为'不已'。"

举此见彼例

《周南·汉广》篇二章"翘翘错薪，言刈其楚"，《传》云："翘翘，薪貌。错，杂也。"三章"翘翘错薪，言刈其蒌"，《传》云："蒌，草中之翘翘然。"陈奂《疏》云："《传》云[1]'蒌，草中之翘翘'，则'楚'亦木中之翘翘……互词见意。"其说是也。《笺》云："楚，杂[2]薪之中尤翘翘者。"即据后章传意补前

---

① 原文作"言"，今据《毛诗正义》改作"云"。
② 原文作"新"，今据《毛诗正义》改作"杂"。

传。援是以推，如《王风·黍苗》篇二章"彼黍离离，彼稷之穗"，《传》云："诗人自黍离离，见稷之穗。"三章"彼黍离离，彼稷之实"，《传》云："自黍离离，见稷之实。"知首章"彼稷之苗"，亦为"自黍离离，见稷之苗"也。

《召南·羔羊》篇首章"素丝五紽"，《传》云："紽，数也。"次章"素丝五緎"，《传》云："緎，缝也。"三章"素丝五总"，《传》云："总，数也。"《疏》云："《传》谓紽、总之数有五，非训紽、总为数。'緎，缝'者，緎既为缝，则五紽、五总亦为缝，故于卒章又言总数有五，以明緎数亦五。《传》互言也。"

《郑风·山有扶苏》篇首章"山有扶苏，隰有荷华"，《传》云："言高下、大小，各得其宜。""高下"指"山""隰"言，"大小"指"扶苏""荷华"言，兼以次章"乔松""游龙"为说。《笺》云："大谓松，小谓龙。"是也。

《周南·麟之趾》三章"麟之角"，《传》云："麟角所以表其德也。"次章"麟之定"，不言所表。陈奂《疏》以为详略互见。援此以推，知《召南·驺虞》篇"壹发五豝"，《传》云："虞人翼五豝，以待公之发。"其次章"壹发五豵"，亦谓"翼五豵，以待公发"也。《卫风·芄兰》篇首章"能不我知"，《传》云："不自谓无知，以骄慢人也。"其次章"能不我甲"，《传》训为"狎"，亦谓不自谓不狎以骄慢人也。《曹风·候人》篇二章"维鹈在梁，不濡其翼"，《传》云："鹈在梁，可谓不濡其翼乎？"三章"不濡其咮"，《传》只训"咮"为"喙"，亦谓"可谓不濡其喙"乎？

《郑风·扬之水》首章"不流束楚"，《传》云："激扬之水，可谓不能流漂束楚乎？"其次章"不流束薪"，亦谓"激扬之水，可谓不流漂束薪乎"，《唐风·采苓》篇首章"采苓采苓"，《传》云："采苓，细事也。"知下章"采苦采苦"亦为细事。《葛生》篇三章"夏之日，冬之夜"，《传》云："言长也。"知末章"冬之夜，夏之日"，亦以"长"言。《魏风·伐檀》篇首章"河水清且涟猗①"，《传》云："伐檀以俟世用，若俟河水清且涟。"知下章"且直""且沦"，亦谓"伐辐""伐轮"，若俟"河水直""河水沦"也。《桧风·素冠》篇二章"庶见素衣兮"，《传》云："素冠，故素衣。"知三章"庶见素韠兮"，亦谓"素冠，故素韠"也。《曹风·鸤鸠》篇二章"其子在梅"，《传》云："飞在梅。"知下章"在棘""在榛"，亦谓"飞在棘""飞在榛"也。《召南·驺虞》篇首章"壹发五豝"，《传》云："豕牝曰豝。"次章"壹发五豵"，《传》云："一岁曰豵。"明"豵"蒙"豝"，言"豵"亦谓"豕"，遂省"豕"字。

《周南·兔罝》篇三章"施于中林"，《传》云："中林，林中。"二章"施于中逵"，《传》云："逵，九达之道。"不云

---

① 原文无"猗"字，今据《毛诗正义》补之。

"中逵，逵中"。

《小雅·菁菁者莪》篇"在彼中阿"，《传》云："君子能长育人材，如阿之长莪菁菁然。"下章"在彼中沚"，亦谓"如沚之长莪菁菁然"。

《大雅·灵台》篇"王在灵囿"①，《传》云："言灵道行于囿。"三章"王在灵沼"，《传》云："言灵道行于沼。"则首章"灵台"亦谓"灵道行于台"。

《小雅·黄鸟》篇首章"无集于谷"，《传》云："黄鸟宜集木啄粟者。"知次章"集桑啄梁"，亦谓"宜集桑啄梁者"。三章"集栩啄黍"，亦谓"宜集栩啄黍"也。

《曹风·下泉》篇首章"浸彼苞稂"，《传》云："稂，童梁。非溉草，得水而病也。"知下章"苞萧""苞蓍"亦非溉草。

《小雅·鹿鸣》篇首章"食野之苹"，《传》云："苹，萍也。鹿得萍，呦呦然鸣而相呼。"知下章"食蒿""食芩"，亦谓"得蒿""得芩"，则呦呦相呼。

《出车》篇首章"我出我车，于彼牧矣"，《传》云："出车就马于牧地。"知次章"于彼郊矣"，亦谓"出车就马于郊"。

《周南·螽斯》篇首章"宜尔子孙"，《笺》云："后妃之

---

① 原文无"王在灵囿"，今据《毛诗正义》补之。

德，宽容不嫉妒，则宜女之子孙，使其无不仁厚。"二章、三章"宜尔子孙"，亦可类推。○作桢按：此条《传》于"子孙"句无释，故举《笺》。

《大雅·行苇》篇"戚戚兄弟，莫远具尔"，《笺》云："莫，无也。具，犹俱也。① 尔，谓进之也。王与族人燕，兄弟之亲②。无远无近，俱揖而进之。"《疏》云："《经》直③言'莫远'，《笺》云'无远无近'者，以作者句有所局，不得远、近并言，举远则近可知。"

《召南·采蘋》篇"于以奠之？宗室牖下"，《毛传》云："奠，置也。宗室，大宗之庙也。大夫、士祭于宗庙，奠于牖下。"据毛说，盖以诗意两言"祭""奠"，因下言"宗室"，则兼"祭"已见，故上句仅言"奠"字，明举"奠"可以赅"祭"也。

《郑风·大叔于田》篇"执辔如组，两骖如舞"，《毛传》云："骖之与服，和谐中节。"孔《疏》云："此经止云两骖，不言两服，知骖与服和谐中节者，以下二章于此二句皆说两服、两骖。则知此经所云④，亦总骖、服……故知如舞之言，兼言服亦中节也。"

---

① 原文无"具，犹俱也"，今据《毛诗正义》补之。
② 原文无"兄弟之亲"，今据《毛诗正义》补之。
③ 原文作"正"，今据《毛诗正义》改作"直"。
④ 原文无"所云"，今据《毛诗正义》补之。

因此及彼例

《召南·小星》篇"肃肃宵征，夙夜在公"，《毛传》云："宵，夜。"经咏宵征，复言夙夜在公者，因夜以及夙也。《笺》云："夙，早也。"

《召南·羔羊》篇"羔羊之皮，素丝五紽"，《传》云："小曰羔，大曰羊……大夫羔裘以居。"孔《疏》云："小羔① 大羊，对文为异。此说大夫之裘，宜直言羔而已。兼言羊者，以羔亦是羊，故连言以协句。"

《郑风·风雨》篇首章"风雨凄凄"、二章"风雨潇潇"，《毛传》云："潇潇，暴疾也。"《传》云："风且雨凄凄然。"《疏》云："凄凄，寒凉之意，言雨气寒也。二章潇潇，谓雨下急疾，潇潇然。"

《大雅·绵》篇"周原膴膴，堇荼如饴"，《传》云："堇，菜也。荼，苦菜也。"汪龙《毛诗异义》申毛说曰："毛于堇、荼并释为菜，荼特言苦，明堇不苦也。"据汪说，盖诗举荼菜如饴，以见化苦为甘，堇特联文并及。

《齐风·猗嗟》篇"舞则选兮，射则贯兮"，此诗言射，因射以及舞也。

《小雅·角弓》篇"兄弟昏姻，无胥远矣"，此诗言同姓

---

① 原文作"羊"，今据《毛诗正义》改作"羔"。

因兄弟而及昏姻也。

《齐风·东方未明》首章"东方未明，颠倒衣裳"、次章"东方未晞，颠倒裳衣"，皆著刻漏太早。其三章"不能辰夜，不夙则莫"者，《传》云："辰，时。夙，早。莫，晚也。"因夙以及莫也。

似偶实奇例

《小雅·斯干》篇"如鸟斯革，如翚斯飞"，上句通言凡鸟，下句专指五色成章之雉。

《邶风·柏舟》篇"觏闵既多，受侮不少"，《毛传》云："闵，病也。"

《小雅·宾之初筵》篇"匪言勿言，匪由勿语"，《笺》云："由，从也。"又云："其所陈说①，非所当说，无为人说之也，亦无从而行之也，亦无以语人也。"○作桢按：阮元《校勘记》云，"郑时经文作勿由勿言②，详见《诗经小学今考》"。

《小雅·常棣》篇"原隰裒矣，兄弟求矣"，《传》云："裒，聚也。求矣，言求兄弟也。"胡承珙《后笺》云："《经》'求'字在'兄弟'下，而《传》倒之者……盖谓人虽聚于原隰之中，而其所求者，惟自求其兄弟。"其说是也。《笺》云：

---

① 原文作"述"，今据《毛诗正义》改作"说"。
② 原文作"勿言勿由"，今据《十三经注疏校勘记》改作"勿由勿言"。

"原也、隰也，以相与聚居之故^①，故能定高下之名。犹兄弟相求，故能立荣显之名^②。"

《大雅·思齐》篇"不显亦临，无射亦保"，《传》云："以显临之，保安无厌也。"据《传》说，"不显亦临"，"不""亦"均语词，谓上以显道临民也。"无射亦保"，乃《经》倒文，谓民安其上，无相厌之心也。二文似偶实奇。《笺》云："有贤才之质而不明者，亦得观于礼；于六艺无射才者，亦得居于位。"误解二语为偶词，非毛义也。

《小雅·小旻》篇"维迩言是听，维迩言是争"，《传》云："争为近言。"

《大雅·皇矣》篇"不大声以色，不长夏以革"，《传》云："不大声见于色。革，更也。不以长大有所更。"据毛说，"长""夏"同义，不与"大声"文偶。"革"谓变更，亦不与"色"为偶文也。《疏》引王肃云："非以幼弱未定，长大有所改更。"《笺》云"不虚广言语，以^③外作容貌，不长诸夏以变更王法"，亦非毛义。

《大雅·荡》篇"强御多怼，流言以对"，《传》云："对，遂也。"孔《疏》申毛义云："信任强御众^④怼为恶之人，为流

---

① 原文无"故"字，今据《毛诗正义》补之。
② 原文作"誉"，今据《毛诗正义》改作"名"。
③ 原文作"而"，今据《毛诗正义》改作"以"。
④ 原文作"多"，今据《毛诗正义》改作"众"。

言以遂成其恶事。"据《疏》说,则以"对"总上文义,不与"多怼"为对词。

《曹风·鸤鸠》篇"其带伊丝,其弁伊骐",《传》云:"骐,骐文也。"郑云:"骐当作璂,以玉为之。""丝"言其质,"骐"言其容。

《小雅·吉日》篇"漆沮之从,天子之所",《传》云:"漆沮之水,麀鹿所生也,从漆沮驱禽而至天子之所。"据毛说,"漆沮之从"犹云"从漆沮",不与"之所"为对文也。

《小雅·采芑》篇"于彼新田,于此中乡",《传》云:"乡,所也。"《笺》云:"中乡,美地名。"是"于此中乡"。○作桢按:下应有语,申叔师忘,未写。

《周颂·般》篇"敷天之下,裒时之对,时周之命",毛云:"裒,聚也。"《疏》云:"遍天之下山川,皆聚其神于是,配而祭之,能为百神之主,德①合山川之灵,是周之所以受天命由此也。"○作桢按:《笺》《疏》文皆小异。

《豳风·鸱鸮》篇"予所捋荼,予所蓄租",《传》云:"荼,萑苕也。租,为。"《疏》云:"租训始也。物之初始,必有为之,故云'租,为也'……《传》兼言手病者,以《经》'予手拮据'言手,'予所捋荼'不言手,②则是用口也。'予所蓄租',文承二者之下,则手、口并兼之。"

---

① 原文无"德"字,今据《毛诗正义》补之。
② 原文作"'予手拮据'言,'予所捋荼'不用手",今据《毛诗正义》改作"'予手拮据'言手,'予所捋荼'不言手"。

《大雅·大明》篇"缵女维莘，长子维行"，《传》云："缵，继也。莘，大姒国也。长子，长女也。能行大任之德焉。"谓能继大任之女，乃出自莘国，莘之长女能维大任之德是行也。

《周颂·良耜》篇"其饷伊黍，其笠伊纠，其镈斯赵"，《传》云："笠，所以御暑雨也。赵，刺也。"郑《笺》云："丰年之时，虽贱者犹食黍，馌者见戴纠然之笠，以田器刺地。"

《秦风·晨风》篇"鴥彼晨风，郁彼北林"，《传》云："先君招贤人，贤人往之，驶疾如晨风之飞入北林。"《传》合二句为兴。

《鄘风·干旄》篇"素丝纰之，良马四之"，《传》云："愿以素丝纰组之法御四马也。"

《卫风·氓》篇"淇则有岸，隰则有泮"，《传》云："泮，陂也。"王本作"破"。〇作桢按：今本云"本或作'破'字"，未详。观王述意，似作"破"。申叔师或据"破"作为似偶实奇之例欤？

似奇实偶例

《小雅·采绿》篇"之子于狩，言韔其弓。之子于钓，言纶之绳"，《笺》云："纶，钓缴也。君子往狩与？我当从之，为之韔弓。其往钓与？我当从之，为之绳缴。"

《大雅·桑柔》篇"四牡骙骙，旟旐有翩"，《传》云："骙骙，不息也。翩翩，在路不息也。"

《瞻卬》篇"天何以刺？何神不富"，毛云："刺，责。富，福。"《笺》云："天何以责王见变异乎？神何以不福王而有灾害也？"

《小雅·斯干》篇"殖殖其庭，有觉其楹"，《传》云："殖殖，言平正也。有觉，言高大也。"

《大雅·云汉》篇"靡人不周，无不能止"，《传》云："周，救也。无不能止，言①无止不能也。"盖"靡""无"义同，二语对文，《经》特倒文协韵。

《大雅·既醉》篇"既醉以酒，尔殽既将"，《传》云："将，行也。"

《行苇》篇五章"敦弓既坚，四鍭既钧"，六章"敦弓既句，既挟四鍭"。○作桢按：此倒文协韵，与"鞗鼓"二句例同。

《郑风·东门之墠》篇"茹藘在阪"，《传》云："东门，城东门也。墠，除地町町者。茹藘，茅蒐也。男女之际，近而易，则如东门之墠；远而难，则如茹藘在阪。"

《小雅·正月》篇"洽比其邻，昏姻孔云"，《传》云："洽，合也。邻，近。云，旋也。"《疏》引王肃云："言王但以和比其邻近左右，与昏姻其亲友而已。"

《正月》篇"夭夭是椓"，《传》云："君夭之，在位椓之。"犹云上天下椓。

---

① 原文作"犹"，今据《毛诗正义》改作"言"。

《小雅·小弁》篇"菀彼柳斯，鸣蜩嘒嘒。有漼者渊，萑苇淠淠"，《传》训"漼"为"深貌"。孔《疏》云："言有菀然而茂者，彼柳木也……有漼然而深者，彼渊水也。"是二句本属对词。"菀彼柳斯"，犹云"有菀者柳"，《经》特错综其文耳。

《召南·采蘋》篇"于以采蘋？南涧之滨。于以采藻？于彼行潦"，《疏》云："南涧言滨，行潦言彼，互言也。"

《小雅·斯干》篇"秩秩斯干，幽幽南山"，《传》云："干，涧也。"《疏》云："言王德之无穷，犹涧水流之不竭……王货物丰殖，民用饶足，亦似深山之有材也。"

《大雅·瞻卬》篇"邦靡有定，士民其瘵。蟊贼蟊疾，靡有夷届。罪罟不收，靡有夷瘳"，《传》云："瘵，病。夷，常也……瘳，愈也。"《传》以"靡有夷届"承上"定"字，"靡有夷瘳"承上"瘵"字。

《桑柔》篇"好是稼穑，力民代食。稼穑维宝，代食维好"，《笺》云："此言王不尚贤，但贵吝啬之人与爱代食者而已。"○作桢按：此较《瞻卬》篇尤为显著，若不补经文下二句及《笺》语，则似奇实偶之例不见矣。

《商颂·那①》篇："鞉鼓渊渊，嘒嘒管声。"○作桢按：此错综以叶均，实则为偶语。

---

① 原文无"那"字，今据文意补之。

《小雅·大田》篇"有渰萋萋，兴雨祈祈①"，《传》云："渰，云兴貌。萋萋，云行貌。"○作桢按："有渰"似与"兴雨"非偶，然"渰，云兴貌"则显与"兴雨"为对，故补经文下句及《笺》语。

据本义为释例

《召南·行露》篇"何以②速我狱"，《传》云："狱，埆也。"《说文》"埆"作"确"。《小雅·巧言》篇"君子信盗"，《传》云："盗，逃也。"盖"狱讼"之"狱"，"盗贼"之"盗"，义所易晓，故推极二字命名之本，以明"狱"字由"埆"得义，"盗"字由"逃"得义。非谓"速狱"即"速埆"，"信盗"即"信逃"也。援是以推，知《大雅》"以御于家邦"，"御"即"讶"假。《传》云："御，迎。"盖就本意立训。实则"御""迎"均有进意，谓进而及于邦家也。故《小雅·六月》篇"饮御诸友"，《传》云："御，进也。"

《宾之初筵》篇"锡尔纯嘏"，《传》云："嘏，大。"《大雅·卷阿》篇、《周颂·载见》篇、《鲁颂·閟宫》篇并有"纯嘏"之文，《卷阿》传亦训为"大"。亦由本意立训。实则"纯嘏"犹云大福，谓锡以至大之祭福也。《宾之初筵》《卷阿》各笺并以"嘏"为"受神之福"，乃广传意所未备，非与立异。《卷阿》各疏谓《传》《笺》异义，疑非。《大雅·文王有声》篇"皇王维辟"，《传》云："皇，大。"亦就本意立

---

① 原文作"祁祁"，今据《毛诗正义》改作"祈祈"。
② 原文作"虽"，今据《毛诗正义》改作"何以"。

训。实则皇王之义，与上章王后义同，即孔《疏》所谓"君亦大"之义也。盖"以御家邦"词义易晓，"纯嘏""皇王"其义易明，故释词惟举本意也。

《文王》篇"祼将于京"，《传》云："京，大也。"《大明》篇"曰嫔于京"，传同。《大明》疏引王肃说，以京为大国，又引孙毓说，以为京师，并与毛义互明。盖《传》以"京"义易晓，因推及"京"字得名之由，以"大"为训。故《公刘》篇"乃觏于京，京师之野"，《传》云："是京乃大众所宜居之也。①"又《思齐》篇"京室之妇"，《传》云："京室，王室也。"明"京"为王者所居之地，兼以足成前传，此亦前后训词，互见详略之例也。若《小雅·车攻》篇"东有甫草"，《传》云："甫，大。"又云："田者大芟草以为防。"明与郑《笺》以"甫草"为"甫田之草"两说不同，与上例别。

《大雅·生民》篇"克禋克祀"，《传》云："禋，敬。""禋"为祀天祭名，故本传下文言"郊禖"，下传亦曰"从于帝而见于天"，均逆探"克禋"为说。其必训为"敬"者，从《尔雅·释诂》本义也。

《大雅·公刘》篇"芮鞫之即"，《传》云："芮，水厓也。鞫，究也。"《笺》云："芮之言内也，水之内为隩，水之外曰鞫。"《疏》云："《释言》云：'鞫、究，穷也。'……此鞫是水厓之名，言

---

① 原文作"是京乃大众所宜居之野也"，今据《毛诗正义》改作"是京乃大众所宜居之也"。

其曲水穷尽之处也，故《传》解其名鞫之意。"

《周颂·丰年》篇"丰年多黍多稌"，《传》云："丰，大。"《笺》云："丰年，大有年也。"

《卫风·淇奥》篇"绿竹如箦"，《传》云："箦，积也。"

《鲁颂·閟宫》篇"享以骍牺"，《传》云："骍，赤。牺，纯也。"

《周颂·载芟》篇"侯强侯以"，《传》云："以，用也。"

《大雅·嵩高》篇"以赠申伯"，《传》云："赠，增也。"
《释文》云："赠，送也。《诗》之本皆尔，郑、王申毛并同。崔《集注》本作'赠，增也'。崔云：'增益申伯之美。'"按：此盖王以"赠送"之义申《传》。《疏》云："凡赠遗者，所以增长前人……故云'赠，增也'。"

《秦风·渭阳》篇"何以赠之"，《传》云："赠，送也。"

前传探下为释例

《经》有互词见意，例如《周南·关雎》篇"琴瑟友之"，《传》云："宜以琴瑟友乐之。"明《经》于琴瑟言友，于钟鼓言乐，欲以互词两见其意，此《传》探经义为释者也。例具于前，兹不备述。亦有《经》非互词见意，而《传》逆探下文为释者，如《周南·葛覃》篇"葛之覃兮"，《传》云："葛所以为绤綌，女功之事烦辱者。"据下章"为绤为綌"，知本传所云"绤""綌"，探彼为词。"烦辱"之文，兼探三章"薄污我私"，彼传云："污，烦也。"与此"烦辱"之"烦"同。《召南·鹊巢》篇"百两御之",《传》云:"诸侯之子嫁于诸侯,送御皆百①乘。"据下章"百两将之",《传》云"将,送",知本传并云"送御",探彼为词。《邶风·静女》篇"静女其姝",《传》云:"女德贞静而有法度,乃可说也。"据下文"贻我彤管",《传》云"遗我以②古人之法",知本传所云"法度",探彼为词。《传》云"可说",亦探下文"说怿女美"为词。彼文《毛传》无释,盖亦释为喜说,故下传复云:"非为其图说美色而已。"③《疏》引王肃说云:"喜④乐其成女美。"盖得毛义。《邶风·新台》篇"鱼网之设,鸿则离之",《传》云:"言所得非所求也。"据下文"燕婉之求",知本传所云"求"字,探彼为词。《卫风·伯兮》篇"首如飞蓬",《传》云:"妇人夫不在,无容饰。"据下文"谁适为容",知本传所云"容饰",探彼为词。《郑风·大叔于田》篇"大叔于田",《传》云:"叔之从公田也。"据下文"献于公所",知本传所云"从公",探彼为词。《桧风·匪风》篇"匪风发兮,匪车偈兮",《传》云:"发发飘风,非有道之风;偈偈疾驱,非有道之车。"据下云"顾瞻周道",《传》云:"下国之乱,周道灭。"知本传所云"有道",探彼为词。《传》云"飘风"者,探下章"匪风飘兮"为释。

---

① 原文作"有",今据《毛诗故训传》改作"百"。
② 原文作"以",今据《毛诗故训传》补之。
③ 原文作"非徒说美色也",今据《毛诗故训传》改作"非为其图说美色而已"。
④ 原文作"善",今据《毛诗正义》改作"喜"。

《豳风·七月》篇"九月授衣"，《传》云："九月霜始降，妇功成。"又"八月载绩"，《传》云："载绩，丝事毕而麻事起矣。"据下文"载玄载黄，我朱孔阳"，又云"九月肃霜"，知本传所云"霜始降""丝事毕"，探彼为词。《小雅·鱼丽》篇"鱼丽于罶"，《传》云："太平而后微物众多。"据下文"旨且多"，《笺》云："酒美，而此鱼又多也。"知本传所云"众多"，探彼为词。《车攻》篇"四牡奕奕"，《传》云："言诸侯之① 来会也。"据下文"会同有绎"，知本传所云"来会"，探下为词。《吉日》篇"吉日维戊"，《传》云："维戊，顺类乘牡也。"据下文"四牡孔阜"，知本传所云"乘牡"，探下为词。《大雅·生民》篇"即有邰家室"，《传》云："尧见天因邰而生后稷，故国后稷于邰，命使事天，以显神顺天命耳。"据下章"以归肇祀"，《传》云"始归郊祀"，知本传所云"事天"，探彼为词。《既醉》篇"昭明有融，高朗令终"，《传》云："始于飨燕，终于享祀。"据下章"令终有俶"，《传》云"俶，始"，知本传并言"始""终"，探彼为词。《嵩高》篇"生甫及申"，《传》云："以生申、甫之大功。"探下章"世执其功"，《传》云："功，事。"知本传所云"大功"，探彼为词。《周颂·维天之命》篇"维天之命"，《传》引孟仲子云："大哉！天命之无极。"据下文"文王之德之纯"，《传》云："纯，大。"知本

---

① 原文无"之"字，今据《毛诗故训传》补之。

传所云"大哉",探彼为词。又按:《唐风·绸缪》篇"绸缪束薪",《传》云:"男女待礼而成,若薪刍待人事而后束也。"并言"薪刍",探下章"束刍"为词。《蜉蝣》篇"蜉蝣之羽",《传》云:"犹有羽翼以自修饰。"并言"羽翼",探下章"蜉蝣之翼"为词。《小雅·鱼藻》篇"鱼在在①藻",《传》云:"鱼以依蒲藻为得其性。"并言"蒲藻",探下三章"依于其蒲"为释,均并后章之义,综释于前,此一例也。《小雅·伐木》篇"酾酒有藇",《传》云:"以筐曰酾,以薮曰湑。""湑"据后章"有酒湑我"为释,然后《传》复云:"湑,茜之也。"补正前义,此一例也。又《周颂·载芟》篇"有厌其杰,厌厌其苗",《传》云:"有厌其杰,言杰苗厌然特美也。""杰苗"之文,兼综下文为释,此一例也。又《唐风·扬之水》篇"素衣朱襮",《传》云:"襮,领也。诸侯绣黼,丹朱中衣。"据下章"素衣朱绣",《传》云:"绣,黼。"其引《郊特牲》文于前传者,据《尔雅·释器》"黼领谓之襮",明此"襮"即黼领。此逆探下文之意,兼以详释本文,此又一例也。是四例者,均与前例略同,附志于此。此均逆探下文为释者也。自是以外,则《传》于全诗首章,例属于兴者,恒援据下文,明其取喻之意。如《卫风·淇奥》篇"绿竹猗猗",《传》云:"猗猗,美盛貌②。武公质美德盛,有康叔之余烈。"所云"质美德盛",探下

---

① 原文作"于",今据《毛诗正义》改作"在"。

② 原文作"也",今据《毛诗故训传》改作"貌"。

"切""磋""琢""磨""瑟""僩""赫""咺"为释。《郑风·东门之墠》篇"东门之墠,茹藘在阪",《传》云:"男女之际,近而易则如东门之墠,远而难则如茹藘在阪。"所云"远""近",探下"室迩人远"为释。《曹风·鸤鸠》篇"鸤鸠在桑,其子七兮",《传》云:"鸤鸠之养其子,朝从上下,莫从下上,平均如一。"所云①"如一",探下"其仪一兮"为释。均其例。若《葛覃》首章亦为兴,惟复云"葛,所以为缔绤",《疏》谓下章说"治葛不为兴",其说甚确,与此数例不同。亦与上例略同。惟于《传》例为恒,与上例属于变例者稍异。

《大雅·凫鹥》篇"福禄来为",《传》云:"厚为孝子也。"按:"来为"与上"来成"义同,"为"无"厚"训。《传》云"厚"者,盖下章"福禄来崇",传文训"崇"为"重","重"为"重厚",故此传逆探下意,因以"厚为"释经文"为"字也。

《小雅·黄鸟》篇首章"复我邦族",《传》云:"宣王之末,天下室家离散,妃匹相去,有不以礼者。"合下章"复我诸兄""复我诸父"为释。

《郑风·丰》篇首章"悔予不送兮",《传》云"时有违②而不至者"合下章"悔予不将兮"为释。

《王风·中谷有蓷》篇首章"暵其干矣",《传》云:"陆草生于谷中,伤于水。"二章"暵其脩矣",《传》云:"脩,且

---

① 原文作"作以",今据文意改作"所云"。
② 原文作"遣",今据《毛诗故训传》改作"违"。

干。"三章"暵其湿矣",《传》云:"雏遇水则湿。"

《大雅·绵》篇"古公亶父",《传》备言"古公处豳,狄人侵之",及去豳邑岐之事,_{与《孟子·梁惠王下》篇同}。探下"来朝走马"诸文为释。其"未有家室",《传》又云:"未有寝庙,亦未敢有家室。"似有探下章"作庙翼翼"及"乃立皋门"诸文为释也,与下传"将营宫室""宗庙为先"文应。郑《笺》云:《传》自'古公处豳'而下,为二章发。"

《秦风·终南》篇首章"有条有梅",《传》云:"宜以戒不宜也。"晐下章"纪""堂"言,故下章,《笺》云:"毕也,堂也,亦高大之山所宜有也。"

《小雅·北山》篇"偕偕士子",《传》云:"士子,有王事者。"所云"王事",探下"王事靡盬"为词。

《大雅·生民》篇"以兴嗣岁",《传》云:"兴来岁,继往岁也。"其上"载谋载惟"四句,《传》云:"尝之日,莅卜来岁之芟;狝之日,莅卜来岁之戒;社之日,莅卜来岁之稼。所以兴来而继往也。"是亦以"兴嗣岁"为词。其必稽上传者,欲以明上文祭祀之故也。

《小雅·斯干》篇"乃占我梦",《传》云:"言善之应人也。""善"即善梦,探下"吉梦维何"为词。

《伐木》篇"以速诸父",《传》云:"天子谓同姓诸侯,诸侯谓同姓大夫,皆曰父。异姓则称舅。"综下章"以速诸舅"而并释之。

《鹿鸣》篇首章"食野之苹"，《传》云："以兴嘉乐，宾客当有恳诚相招呼，以成礼也。"逆探三章"燕乐嘉宾"为释。

《魏风·十亩之间》篇"桑者闲闲兮"，《传》云："闲闲然，男女无别往来之貌。""行与子还兮"，《传》云："或行来者，或来还者。"上传"往来"合下传"或行来""或来还"为释。

《唐风·鸨羽》篇首章"集于苞栩"，《传》云："鸨之性，不树止。"赅下章"苞棘""苞桑"言。

《陈风·东门之杨》篇首①章"其叶牂牂"，《传》云："言男女失时，不逮秋冬。"探下文"昏以为期"为词，并赅下章言。

《王风·兔爰》篇首章，《传》云："言为政有缓有急，用心之不均。"《采葛》篇首章，《传》云②："事虽小，一日不见于君，忧惧于谗矣。"《卫风·淇奥》篇首章，《传》云："武公质美德盛，有康叔之余烈。"皆综三章为释。

《召南·草虫》篇首章，《传》云："卿大夫之妻待礼而行，随从君子。"又云："妇人虽适人，有归宗之义。"此综三章之义而释之者也。

《殷其雷》篇首章，《传》云："雷出地奋，震惊百里；山出云雨，以润天下。"综下二章"山侧""山下"为释。

---

① 原文作"二章"，今据《毛诗正义》改作"首章"。

② 原文无"《传》云"，今据文例补之。

《鄘风·桑中》篇首章，《传》云①："言世族在位有是恶行。"亦综下章"孟弋""孟庸"为释。

《卫风·芄兰》篇首章，《传》云："君子之德，当柔润温良。"综下章"芄兰之叶"为释。

《唐风·羔裘》篇首章，《传》云："本末不同，在位与民异心。"综下章为释。

《召南·野有死麕》篇首章，《传》云："凶荒则杀礼，犹有以将之。"亦综下章"死鹿"为释。

《齐风·甫田》篇首章，《传》云："大田过度，而无人功，终不能获。"综下章为释。

《秦风·黄鸟》篇首章，《传》云："黄鸟以时往来，得其所；人以寿命终，亦得其所。"综下二章为释。

后传补上为释例

《召南·采蘋》篇三章"谁其尸之？有齐季女"，《传》云："尸，主。齐，敬。季，少也。蘋、藻，薄物也。涧、潦，至质也。筐、筥、锜、釜，陋器也。少女，微主也。古之将嫁女者，必先礼之于宗室，牲用鱼，芼之以蘋藻。"按："蘋""藻""涧""潦"，文见首章；"筐""筥""锜""釜"，文见次章。前传仅明字训，复于此章综释其义，以申成前传。

————————

① 原文无"《传》云"，今据文例补之。

又如《鄘风·定之方中》篇"揆之以日",《传》云:"揆,度也。度日出日入,以知东西。南视定,北准极,以正南北。①"所云"视定""准极",所以补释前文"定之方中"也。《小雅·四牡》篇"将母来谂",《传》云:"谂,念也。父兼尊亲之道,母至亲而尊不至。"所云"父兼尊亲",所以补释前章"不遑将父"也,其例亦与前同。

《小雅·采芑》篇"服其命服"三句,《传》云:"言周室之强,车服之美也。"并言"车服",综上章"路车""簟茀"为释也。

《传》例有前传诠明经义,后传复蒙前互释者。如《齐风》首章"东方之日兮",《传》云:"日出东方,人君明盛,无不照察也。"其次章"东方之月兮",《传》云:"月盛于东方,君明于上若日也,臣察于下若月也。"陈奂《疏》云:"《传》蒙上章日明东方为训。"亦互词总释。全诗中有下章合上章发《传》者,此其例也。

《传》例有本传简略,复于后传足成其义者。如《小雅·皇皇者华》首章"每怀靡及",《传》云:"每,虽。怀,和也。"其末章,《传》云:"虽有中和,当自谓无所及,成于六德也。"知前传所云"虽""和",即谓"虽有中和"。《疏》引王肃说云:《传》云'虽有中和'者,即上'每,虽。怀,

---

① 原文作"视定此准极",今据《毛诗正义》改作"南视定,北准极,以正南北"。

和'是也。"又引孙毓说云："此篇《毛传》上下说自相申成。"
其说是也。《传》云"成于六德"，亦蒙上数章为释。

《传》例有后传之文隐补前传之义者，如《小雅·鼓钟》
篇"以籥不僭"，《传》云："以为籥舞。若是，为和而不僭
矣。"《传》云"为和"，隐据上"钦钦"及"同音"为释，上
文"鼓钟钦钦"及"笙磬同音"，《传》云："钦钦，言使人乐进也……同音，四县
皆同也。"此于《传》例为恒见，特为读者所易忽耳。

《传》例有为下句发传，连及上句为释者，如《大雅·公
刘》篇"乃觏于京"，《传》云："觏，见也。"不释"京"字。
又"京师之野，于时处处"，《传》云："是京乃大众所宜居之
也。"①《传》以"大众"释此文"京师"，其云"是京"，连上
"于京"为释，此变例也。若《鲁颂·駉》篇"薄言駉者"，《传》云："牧
之坰野，则駉駉然。"据上文"駉駉牡马，在坰之野"为释。疑本上二句传文，误
入"薄言駉者"经文下。

《郑风·出其东门》篇"有女如荼"，《传》云："荼，英
荼也。言皆丧服也。"按：上章"有女如云"，《传》云"众
多"，知本传所云"皆丧服"，"皆"字承彼而言。

《大雅·行苇》篇"序宾以贤"，《传》云："言宾客次第
皆贤。"下章"序宾以不侮"，《传》云："言其皆有贤才也。"

《小雅·沔水》篇首章"载飞载止"，传文无释。次章

① 原文作"是京乃大众所宜居之野也"，今据《毛诗正义》改作"是京乃大众所宜居
之也"。

"载飞载扬"，《传》云："言无定止也。"综上"载止"为释。

《小雅·鸿雁》篇"哀鸣嗷嗷"，《传》云："未得所安集，则嗷嗷然。"蒙上"集于中泽"及"其究安宅"为释。

《周南·汝坟》篇"鲂鱼赪尾"，《传》云："赪，赤也。鱼劳则尾赤。"陈奂谓《传》从"遵坟""伐条"生义，故著一"劳"字，则上下文意贯通。《毛诗说》。

《传》有综释全诗之意，而文附末章之后者。如《卫风·木瓜》篇末章，《传》引孔子曰："吾于《木瓜》，见苞苴之礼行。"《素冠》末章，引子夏、闵子骞丧毕见夫子，及夫子之言。《小弁》末章，《传》引高子、孟子问答是也。

《召南·摽有梅》末章，《传》："三十之男，二十之女，礼未备，则不待礼会而行之者，所以蕃育人民也。"综上二章"迨吉"及"迨今"为释。

《齐风·东方未明》篇"狂夫瞿瞿"，《传》云："古者有挈壶氏，以水火分日夜，以告时于朝。"按：此文应在篇末"不夙则莫"传文"莫，晚也"之下，《疏》本已误，亦综释全诗之义，而文附末章之后者也。与《摽有梅》①同例，当如今本之次也。

---

① 原文作《摽梅》，据《毛诗正义》改作《摽有梅》。

后训足成前训例

《周南·关雎》篇"窈窕淑女"，《传》云："窈窕，幽闲也。"又云："是幽闲贞专之善女。"盖以"幽闲"二字，不足尽"窈窕"之意，故以"贞专"足之也。《卫风·淇奥》篇"宽兮绰兮"，《传》云："宽，能容众。绰，缓也。"其下传复云："宽缓弘大①，虽则戏谑，不为虐矣。"盖以"宽缓"二字不足尽宽绰之意，故以"弘大"足之也。

《周南·汝坟》篇"伐其条肄"，《传》云："肄，余也。斩而复生曰肄。"明"肄"训为"余"，与通语之"余"不同也。《大雅·皇矣》篇"攸馘安安"，《传》云："馘，获也。不服者，杀而献其左耳曰馘。"明"馘"训为"获"，与通语之"获"不同也。《荡》篇"内奰于中国"，《传》云："奰，怒也。不醉而怒曰奰。"明"奰"训为"怒"，与通语之"怒"不同也。以上三条，均上诂举其达训，下诂明其实义。《小雅·頍弁》篇"茑与女萝，施于松柏"，《传》云："女萝，菟丝，松萝也。"其例亦同。盖既以"菟丝"释"女萝"，兼以明此经所云，乃在木之萝，与在草"菟丝"稍别。此则传文之善于别微者也。《秦风·车邻》篇"逝者其耋"，《传》云："耋，老也。八十曰耋。"《小雅·瞻彼洛矣》篇"鞈鞈有奭"，《传》

---

① 原文作"宽绰宏大"，今据《毛诗正义》改作"宽缓弘大"。

云："靺韐者，茅蒐染草①也。一入曰靺。"与前例同。

《召南·江有汜》篇"江有渚"，《传》云："渚，小洲也，水枝成渚。"上诂本《尔雅·释水》，又恐后人疑此章之"渚"不与前章之"汜"、三章之"沱"同义也，因复言"水枝成渚"。此与上例稍殊。

《鄘风·桑中》篇"爰采唐矣"，《传》云："唐，蒙，菜名。"以"蒙"释"唐"，复以"菜名"足其诂。《郑风·大叔于田》篇"叔在薮"，《传》云："薮，泽，禽之府也。"以"泽"况"薮"，复以"禽之府"足其诂。两例略符。又《郑风·山有扶苏》篇"山有扶苏"，《传》云："扶苏，扶胥，木也。"各本作"小木也"，《释文》本无"小"字，义较长。《大雅·棫朴》篇"芃芃棫朴"，《传》云："朴，枹，木也。"盖《传》以"扶胥"释"扶苏"，以"枹"释"朴"，复以此二者均为木名，以申上诂。毛义以《尔雅·释木》"朴，枹"者，"朴"亦木属，与"棫"并文，与《皇矣》"其灌其栵"并文例同。《笺》云"白桵，相朴属而生者"，非传意。与前例同。又《卫风·硕人》篇"领如蝤蛴"，《传》云："蝤蛴，蝎②，虫也。"以"蝎"释"蝤蛴"，复以"虫也"足其义。《小雅·菁菁者莪》篇"菁菁者莪"，《传》云："莪，萝，蒿也。"以"萝"释"莪"，复以"蒿也"足其义。《曹风·候人》篇"维鹈在梁"，《传》云："鹈，洿泽，鸟也。"以"洿

---

① 原文作"韦"，今据《毛诗故训传》改作"草"。
② 原文作"蜗"，今据《毛诗故训传》改作"蝎"。

泽"释"鵜"，复以"鸟也"足其义。非"蝎""虫"连读，
"洿""泽""鸟"三字连读也。《郑风·山有扶苏》篇"隰有
游龙"，《传》云："龙，红草也。"《陈风·防有鹊巢》篇"邛
有旨鷊"，《传》云："鷊，绶，草也。"读例亦同。○作桢按：
《尔雅》"鷊，绶。"郭璞云："小草有杂色似绶也。"此又《毛传》以《尔雅》释
《诗》之一例，与上《棫朴》同。

　　《豳风·东山》篇"熠耀宵行"，《传》云："熠耀，磷也。
磷，萤火也。"《小雅·小弁》篇"弁彼鸒斯"，《传》云："鸒，
卑居。卑居，雅乌[1]也。"此上二例，均叠举训辞，辗转相训，
是犹《周南·芣苢》篇"采采芣苢"，《传》云："芣苢，马舄。
马舄，车前。"训本《尔雅》也，实与前例悉同。《王风·君子阳
阳》篇"左执翿"，《传》云："翿，纛也，翳也。"据《尔雅·释言》以"纛"训
"翿"，以"翳"训"纛"。考文，古本"翳"下有"纛"字，与《雅》训合。此
亦叠举训辞，辗转相训之例也。

　　《大雅·皇矣》篇"貊[2]其德音"，《传》云："貊，静也。
德正应和曰貊[3]。"又"克明克类"，《传》云："类，善也。勤
施无私曰类。"《疏》本于"德正应和曰貊"及"类，善也"以下，
并误为《笺》语，今从陈奂《疏》说订正。"貊，静""类，善"，均本《雅》
训，下二语均本《左氏·昭传》。《嵩高》篇"嵩高维岳"，

---

① 原文作"鸦鸟"，今据《毛诗故训传》改作"雅乌"。
② 原文作"貉"，今据《毛诗故训传》改作"貊"。
③ 原文作"莫"，今据《毛诗正义》改作"貊"。

《传》云："嵩，高貌。山大而高曰嵩。"上语申明经诂，下语则本《尔雅·释山》。是犹《郑风·将仲子》篇"无逾我里"，《传》既训"里"为"居"，说本《尔雅》。又云"二十五家为里"，兼采《周礼》也。若《小雅·鱼丽》篇"鱼丽于罶"，《传》云："罶，曲梁也，寡妇之笱也。"《苕之华》篇"三星在罶"，传同。两诂均本《尔雅》，而义实相成，亦与前例不异。又《王风·大车》篇"毳衣如菼"，《传》云："菼，鵻也，芦之初生者也。"以"鵻"诂"菼"，本《尔雅·释言》，所以况其色也。复云"芦之初生"，举类为况，亦与上例略同。

《大雅·行苇》篇"舍矢既均"，《传》云："已均，中艺。"《传》以"已"字释"既"，复以"中艺"释"既均"之义。

《鄘风·君子偕老》篇"其之翟也"，《传》云："褕翟、阙翟，羽饰衣也。"

《豳风·九罭》篇"九罭之鱼"，《传》云："九罭，緵罟小鱼之网也。"明经义。

《鲁颂·駉》篇"在坰之野"，《传》云："坰，远野也。"又曰："野外曰林，林外曰坰。"《周南·关雎》篇"关关雎鸠"，《传》云："雎鸠，王雎也，鸟挚而有别。"《芣苢》篇"采采芣苢"，《传》云："芣苢，马舄。马舄，车前也，宜怀任焉。"《召南·驺虞》篇"于嗟乎驺虞"，《传》云："驺虞，义兽也，白虎黑文，不食生物，有至信之德则应之。"《邶

风·旄丘》篇"流离之子",《传》云:"流离,鸟也,少好长
丑。"(《卫风·木瓜》篇"投我以木瓜",《传》云:"木瓜,
楙,木也。可食之木。")此读"木瓜(逗)楙(逗)木也(句)",与
"唐,蒙,菜名"例同。○作桢按:"( )"为申叔师原稿之记号,与涂去全文者有
异,仍录出,以备学者研究。下同。

《曹风·蜉蝣》篇"蜉蝣之羽",《传》云:"蜉蝣,渠略
也,朝生夕①死。"

(《豳风·七月》篇"采蘩祁祁",《传》云:"蘩,白蒿也,
所以生蚕。")

《小雅·常棣》篇"脊令在原",《传》云:"脊令,雍渠
也。飞则鸣,行则摇。"

(《大雅·韩奕》篇"有猫有虎",《传》云:"猫,似虎浅
毛者也。")

《周颂·小毖》篇"肇允彼桃虫",《传》云:"桃虫,鹪
也,鸟之始小终大者②。"

《周南·卷耳》篇"不盈顷筐",《传》云:"顷筐,畚属,
易盈之器也。"明经义。

《召南·鹊巢》篇"维鸠居之",《传》云:"鸠,鸤鸠,
秸鞠也。"《传》明此"鸠"即"鸤鸠",复以"秸鞠"释
其名。

----

① 原文作"暮",今据《毛诗正义》改作"夕"。
② 原文作"也",今据《毛诗正义》改作"者"。

《大雅·卷阿》篇"凤皇于飞",《传》云:"凤皇,灵鸟,仁瑞也。雄曰凤,雌曰皇。"

《秦风·终南》篇"有纪有堂",《传》云:"堂,毕道,平如堂也。"

《小雅·小弁》篇"譬彼坏木",《传》云:"坏,瘣①也,谓伤病也。"

《邶风·匏有苦叶》篇"深则厉",《传》云:"以衣涉水为厉,谓由带以上也。""招②招舟子",《传》云:"舟子,舟人,主济渡者。"

《豳风·狼跋》篇"公孙硕肤",《传》云:"公孙,成王也,豳公之孙也。"

《周颂·有瞽》篇"设业设虡",《传》云:"业,大板③也,所以饰栒为县也,捷业如锯齿,以白今本作'或曰'画之。"

《卫风·有狐》篇"之子无裳",《传》云:"在下曰裳,所以配衣也。"

《小雅·采薇》篇"象弭鱼服",《传》云:"象弭,弓反,末也,所以解纷也。"

---

① 原文作"疢",今据《毛诗故训传》改作"瘣"。
② 原文无"招"字,今据《毛诗正义》补之。
③ 原文作"版",今据《毛诗故训传》改作"板"。

诂词省举经文例

《传》例于综释经文全句者，或复举经文。如《商颂·那》篇"於赫汤孙"，《传》云："於赫汤孙，盛矣，汤为人子孙也。"《小雅·无羊》篇"矜矜兢兢"，《传》云："矜矜兢兢，以言坚强也。"《楚茨》篇"济济跄跄"，《传》云："济济跄跄，言有容也。"《大雅·凫鹥》篇"无有后艰"，《传》云："无有后艰，言不敢多祈也。"《假乐》篇"假乐君子，显显令德，宜民宜人"，《传》云："宜民宜人，宜安民，宜官人也。"《公刘》篇"既景乃冈"，《传》云："既景乃冈，考于①日景，参之高冈。"《卷阿》篇"有冯有翼"，《传》云："有冯有翼，道可冯依，以为辅翼也。"《民劳》篇"以谨无良"，《传》云："以谨无良，慎小以②惩大也。"《抑》篇"靡哲不愚"，《传》云："靡哲不愚，国有道则知③，国无道则愚。"《桑柔》篇"瞻言百里"，《传》云："瞻言百里，远虑也。"《嵩高》篇"申伯番番，既入于谢，徒御啴啴"，《传》云："番番，勇武貌④……徒御啴啴，徒行者、御车者啴啴然喜乐也。"《韩奕》篇"有倬其道"，《传》云："有倬其道，有倬然之道者

---

① 原文作"之"，今据《毛诗故训传》改作"于"。
② 原文作"而"，今据《毛诗故训传》改作"以"。
③ 原文作"智"，今据《毛诗正义》改作"知"。
④ 原文无"貌"字，今据《毛诗故训传》补之。

也。"又"因时百蛮",《传》云:"因时百蛮,长是蛮服之百国也。"《常武》篇"匪绍匪游",《传》云:"匪绍匪游,不敢继以敖游也。"《周颂·执竞》篇"自彼成康",《传》云:"自彼成康,用彼成安之道也。"《噫嘻》篇"终三十里",《传》云:"终三十里,言各极其望也。"《良耜》篇"以似①以续",《传》云:"以似以续,嗣前岁,续往事②也。"《鲁颂·閟宫》篇"上帝是依",《传》云:"上帝是依,依其子孙也。"均其例。其联释数句,同一传者,尤以复举经文为恒,兹不备举。抑或省举经文,如《周南·关雎》篇"琴瑟友之",《传》云:"宜以琴瑟友乐之。"《邶风·柏舟》篇"如匪浣衣",《传》云:"如衣之不浣矣。"《日月》篇"逝不相好",《传》云:"不及我以相好。"《击鼓》篇"不我活兮",《传》云:"不与我生活也。"《简兮》篇"西方之人兮",《传》云:"乃宜在王室。"《二子乘舟》篇"不瑕有害",《传》云:"言二子之不远害。"《鄘风·载驰》篇"我思不远",《传》云:"不能远卫也。"《王风·葛藟》篇"终远兄弟",《传》云:"兄弟之道已相远矣。"《郑风·出其东门》篇"匪我思存",《传》云:"思不存乎相救急。"《小雅·车攻》篇"有闻无声",《传》云:"有善闻而无喧哗之声。"《大雅·皇矣》篇"帝迁明德",《传》云:"徙就文王之德也。"《周颂·清庙》篇"秉文之德",《传》云:"执

---

① 原文作"嗣",今据《毛诗正义》改作"似"。
② 原文作"岁",今据《毛诗正义》改作"事"。

文德之人也。”此达例也。其诠释字义物名，必首举经字，次举诂词，亦达例也。其有省举经文者，如《秦风·驷驖》篇“公之媚子”，《传》云：“能以道媚于上下者。”《传》释“狡童”省经“狡”字，《传》释“媚子”，省经“媚”字是也。

《鄘风·君子偕老》篇“玼兮玼兮，其之翟也”，《传》云：“玼，鲜盛貌。褕翟，阙翟，羽饰衣也。”“褕翟”以下释经“翟”字，《传》惟举“玼”，不举“翟”。《魏风·伐檀》篇“寘之河之漘兮，河水清且沦猗”，《传》云：“漘，厓也。小风，水成文，转如轮也。”“小风”以下释经“沦”字，传惟举“漘”，不举“沦”。《小雅·四月》篇“滔滔江[1]汉，南国之纪”，《传》云：“滔滔，大水貌，其神足以纲纪一方。”“其神”以下释经“纪”字，《传》惟举“滔”，不举“纪”。一方即郑，南国。又如《邶风·北风》篇“携手同归”，《传》云：“归有德也。”不叠经文“归”字。《大雅·大明》篇“长子维行”，《传》云：“长子，长女也，能行大任之德焉。”不叠经文“行”字。《卫风·考槃》篇“永矢弗告”，《传》云：“无所告语也。”不叠经文“弗告”字。《王风·黍离》篇“中心如醉”，《传》云：“醉于忧[2]也。”不叠经文“醉”字。《小雅·六月》篇“文武吉甫”，《传》云：“有文有武。”不叠经文“文武”字。《小雅·正月》篇“宁或灭之”，《传》云：

① 原文作“河”，今据《毛诗正义》改作“江”。
② 原文作“梦”，今据《毛诗故训传》改作“忧”。

"灭之①以水也。"不叠经文"灭"字。《大雅·下武》篇"孝思维则",《传》云:"则其先人也。"不叠经文"则"字。《云汉》篇"靡有孑遗",《传》云:"孑然,遗失也。"不叠经文"孑然"字。《周南·卷耳》篇"我姑酌彼金罍",《传》云:"姑,且也,人君,黄金罍。"不叠经"金罍"字。《小雅·瞻彼洛矣》篇"鞹鞃有奭,以作六师",《传》云:"鞃,所以代辀也,天子六军。"不叠经文"六师"字。《大雅·嵩高》篇"吉甫作诵",《传》云:"吉甫,尹吉甫也,作是工师之诵也。"不叠经文"诵"字。又《鄘风·君子偕老》篇"扬且之颜②也",《传》云:"扬,广扬而颜角丰满。""颜角丰满"释经"颜"字,《传》惟叠"扬",不叠"颜",复与上传同句。《邶风·北风》篇"其虚其邪",《传》云:"虚徐也。"此据《疏》本,《疏》云:"但《传》质诂训叠经文③,非训'虚'为'徐'。"《释文》本作"虚,虚也"。今本悉同,非是。《传》以"虚徐"释"虚邪",与《大雅·板》篇"无敢戏豫",《传》云:"戏豫,逸豫也。"其例正同。特彼则复举经文,此则省举。《唐风·扬之水》篇"素衣朱绣",《传》云:"绣黼也。"《传》以"绣黼"释"绣",与《豳风·九罭》篇"衮衣绣裳",《传》云:"衮衣,卷龙也。"其例正同。特彼则复举经文。

---

① 原文无"之"字,今据《毛诗故训传》补之。
② 原文作"皙",今据《毛诗故训传》改作"颜"。
③ 原文无"耳"字,今据《毛诗正义》补之。

《大雅·卷阿》篇"有冯有翼，有孝有德，以引以翼"，《传》云："有冯有翼，道可冯依，以为辅翼也。引，长。翼，敬也。"

《皇矣》篇"帝迁明德，串夷载路"，《传》云："徙就文王之德也。串，习。夷，常。路，大也。"

《邶风·二子乘舟》篇，《传》云："如乘舟而无所薄，泛泛然迅疾而不碍也。"

《周颂·执竞》篇"不显成康"，《传》云："不显乎其成大功而安之也。"

训词不涉字义例

《秦风·小戎》篇"小戎俴收"，《传》云："收，轸也。"轸居车后，故《经》变文言"收"。《大雅·旱麓》篇"黄流在中"，《传》云："流，鬯也。"《疏》读连上"黄金所以饰"为句，非是。鬯为流物，故《经》变文言"流"。《传》承师说，知经文之"收"即据"轸"言，经文之"流"即据"鬯"言，故云"收，轸""流，鬯"。是犹《小雅·大田》篇"以其骍黑"，《传》云："黑，羊豕也。"若云"收"有"轸"训，"流"有"鬯"训，则与字义不合。《小戎》，《疏》云："'收，轸'者，相传为然，无正训也。"说亦未核。此一例也。

《小雅·常棣》篇"饮酒之饫"，《传》云："饫，私也。不脱屦升堂谓之饫。"按："饫""私"之文，虽见《尔雅·释言》，然"饫"为礼名，不得直训为"私"。《说文》："醧，私宴饮也^①。""醧"即"饫"字。《鲁语》韦注引旧说云："饫，宴安私饮也。"则《传》云"饫""私"，犹云"饫"为私饮。《小雅·湛露》篇"厌厌夜饮"，《传》云："夜饮，私燕^②也。"《楚茨》篇"备言燕私"，《传》云："燕而尽其私恩。"均与此传互明。非谓"饫"义与"私"相同，直以"私"字诂"饫"，此一例也。

（《豳风·七月》篇"七月流火"，《传》云："流，下也。"《传》以《经》云"流火"，即谓火流而下，其以"下"诂"流"，犹以"流而下"诂"流"也。《曹风·下泉》篇"冽彼下泉"，《传》云："下泉，泉下流也。"以"下流"释"下"，足明此传"下"义。又《小雅·角弓》篇"见晛曰流"，《传》云："流，流而去也。"彼传文详，故云"流而去"，此传文略，故不云"流而下"也。非谓"流"义直与"下"同，此一例也。）

《小雅·北山》篇"我从事独贤"，《传》云："贤，劳也。"《疏》云："劳于^③从事。"故知此"贤"字与"劳"义同。《疏》引王肃云："此大夫怨王偏役于己，非王实知其贤……此'从事独贤'，犹下云'嘉我未老，鲜我方将'，恨而问王^④之辞。"《宾之初筵》篇"以奏尔时"，《传》云："时，

---

① 原文作"宴私之饮也"，今据《毛诗故训传》改作"私宴饮也"。
② 原文作"燕私"，今据《毛诗故训传》改作"私燕"。
③ 原文作"予"，今据《诗毛氏传疏》改作"于"。
④ 原文作"天"，今据《毛诗故训传》改作"王"。

中者也。"

《裳裳者华》篇"芸其黄矣",《传》云:"芸,黄盛也。"按:"芸"为盛貌,不为黄盛,《传》以下文云"黄",故云"黄盛"。《鲁颂·泮水》篇"载色载笑,匪怒伊教",《传》云:"色,温润也。"按:"色"晐喜怒,不得仅云"温润",《传》云"温润",探下文"载笑""匪怒"为言。此二文者,传诂所释,仅以本句为限,非他文之"芸"亦为黄盛,他篇之"色"亦为温润也。此义既明,则知《邶风·匏有苦叶》"雍雍,雁声和也","雍雍"为声和,不专属雁。《思齐》"雍雍在宫",《传》:"雍雍,和也。"《传》以经文云"雁",因云"雁声"。《唐风·鸨羽》篇"肃肃鸨羽",《传》云:"肃肃,鸨羽声也。""肃肃"为羽声,不专属鸨,《传》以经文云"鸨",因云"鸨羽"。凡训文不能移释他文者,均与直训有别。又按:《唐风·鸨羽》篇"肃肃鸨行",《传》云:"行,翩也。"按:"行"字本无"翩"训,《疏》申《传》云:"以上言羽翼,明行亦羽翼。以鸟翩之毛有行列,故称行也。"其说甚确。盖此传之文,以他传之例证之,宜云"行犹翼"。今云"行,翩",本属变例,所以互明上章之"翼"亦训为"翩"也。其训"行"为"翩",不口"雁口肃肃,羽声也"。[①]

《小雅·斯干》篇"载弄之瓦",《传》:"瓦,纺砖也。""瓦"为土器已烧总名,不为纺砖。经文不云"纺砖",

---

① 原文如此,未详。

而以通名之"瓦"为文。

《周南·桃夭》篇"有蕡其实",《传》云:"蕡,实貌。"《小雅·大东》篇"有捄棘匕",《传》:"捄,长貌。"

《鄘风·干旄》篇"孑孑干旄",《传》云:"孑孑,干旄之貌。"《王①风·大车》篇"大车槛槛",《传》云:"槛槛,车行声也。"《小雅·采芑》篇"有玱葱珩",《传》云:"玱,珩声。"《庭燎》篇"鸾声将将",《传》云:"将将,鸾镳声也。"《十月之交》篇"烨烨震电",《传》云:"烨烨,震电貌。"《瓠叶》篇"幡幡瓠叶",《传》:"幡幡,瓠叶貌。"《大雅·云汉》篇"有嘒其星",《传》云:"嘒,众星貌。"《疏》云:"以嘒文连星,故为②星貌。"又如《周南·兔罝》篇"椓之丁丁",《传》云:"丁丁,椓杙声也。"《小雅·伐木》篇③"伐木丁丁",《传》云:"丁丁,伐木声也。"《魏风·伐檀》篇"坎坎伐檀兮",《传》云:"坎坎,伐檀声。"《陈风·宛丘》篇"坎其击鼓",《传》云:"坎坎,击鼓声。"《周南·汉广》篇"翘翘错薪",《传》云④:"翘翘,薪貌。"

---

① 原文作"卫",今据《毛诗正义》改作"王"。
② 原文作"云",今据《毛诗正义》改作"为"。
③ 原文无"《小雅·伐木》篇",今据文例补之。
④ 原文无"《传》云",今据文例补之。

训辞不限首见例

《周南·芣苢》篇"薄言采之"，《传》云："采，取也。"而《关雎》篇"左右采之"，《传》不释"采"。《召南·采蘩》篇"于沼于沚"，《传》云："于，於。"而《周南·葛覃》篇"施于中谷"，《传》不释"于"。《兔罝》篇"施于中逵""施于中林"，《传》亦不释"于"字。《唐风·鸨羽》篇"集于苞栩"，《传》云："集，止。"而《周南·葛覃》篇"集于灌木"，《传》不释"集"。《周南·芣苢》篇"薄言采之"，《传》云："薄，辞也。"而《葛覃》篇"薄污我私"，《传》不释"薄"。《召南·鹊巢》篇"维鸠盈之"，《传》云："盈，满也。"而《周南·卷耳》篇"不盈顷筐"，《传》不释"盈"。《大雅·瞻卬》篇"休其蚕织"，《传》云："休，息也。"而《周南·汉广》篇"不可休息"，《传》不释"休"。《大雅·民劳》篇"汔可小休"，《传》云："休，定也。"《王风·扬之水》篇"不流束楚"，《传》云："楚，木也。"而《周南·汉广》篇"言刈其楚"，《传》不释"楚"。《大雅·思齐》篇"以御于家邦"，《传》云："御，迎也。"而《召南·鹊巢①》篇"百两御之"，《传》不释"御"。《邶风·匏有苦叶》篇"迨冰未泮"，《传》云："迨，及②。"而《召南·摽有梅》"迨其今兮"，《传》不释"迨"。《小雅·白驹》

---

① 原文无"鹊巢"，据引文补。
② 原文作"乃也"，今据《毛诗故训传》改作"及"。

篇"慎尔优游",《传》云:"慎,诚也。"而《邶风·燕燕》篇
"淑慎其身",《传》不释"慎"。《小雅·渐渐之石》篇"维其
卒矣",《传》云:"卒,竟也。"而《邶风·日月》篇"畜我
不卒",《传》不释"卒"。《卫风·氓》篇"躬自悼矣",《传》
云:"悼,伤也。"而《邶风·终风》篇"中心是悼",《传》不
释"悼"。《鄘风·桑中》篇"爰采唐矣",《传》云:"爰,于
也。"而《邶风·击鼓》篇"爰居爰处",《传》不释"爰"。
《鄘风·载驰》篇"载驰载驱",《传》云:"载,辞也。"而
《邶风·凯风》篇"载好其音",《传》不释"载"。《小雅·杕
杜》篇"而多为恤",《传》云:"恤,忧也。"而《邶风·谷
风》篇"遑恤我后",《传》不释"恤"。《秦风·蒹葭》篇
"宛在水中沚",《传》云:"小渚曰沚。"而《邶风·谷风》篇,
《传》不释"沚"。《鄘风·柏舟》篇"之死矢靡它 [①]",《传》
云:"靡,无。"而《邶风·泉水》篇,《传》不释"靡"。《鄘
风·载驰》篇"亦各有行",《传》云:"行,道也。"而《邶
风·泉水》篇"女子有行",《传》不释"行"。《郑风·山有
扶苏》篇"乃见狂且",《传》云:"且,辞也。"而《邶风·北
风》篇"既亟只且",《传》不释"且"。《笺》训"且"为"此",
非传意。《郑风·羔裘》篇"洵直且侯 [②]",《传》云:"洵,
均。"而《邶风·静女》篇"洵美且异",《传》不释"洵"。《笺》以

---

① 原文作"他",今据《毛诗正义》改作"它"。
② 原文作"洵美且都",今据《毛诗故训传》改作"洵直且侯"。

"洵"为"信",非传意。《伐檀》篇"寘之河之侧兮",《传》云："侧，犹厓也。"而《鄘风·柏舟》篇"在彼河侧",《传》不释"侧"。《郑风·东门之墠》篇"子不我即",《传》云："即，就。"而《卫风·氓》篇"来即我谋",《传》不释"即"。《豳风·七月》篇"亟其乘屋",《传》云："乘，升也。"而《氓》篇"乘彼垝垣",《传》不释"乘"。

《小雅·出车》篇"出车彭彭",《传》云："彭彭，四马貌。"《齐风·载驱》篇"齐子翱翔",《传》云："翱翔，犹彷徉[①]也。"而《郑风·清人》篇"驷介旁旁……河上乎翱翔……"《传》亦无释。《大雅·凫鹥》篇"燔炙芬芬",《传》云："芬芬，香也。"而《小雅·信南山》篇"苾苾芬芬"，传文无释。

《周南·麟之趾》篇"于嗟麟兮",《传》云："于嗟，叹辞[②]。""嗟"字之义与"于嗟"同。而《周南·卷耳》篇"嗟我怀人",《传》不释"嗟"。《小雅·小宛》篇"温温恭人",《传》云："温温，和柔貌。""温"字之义与"温温"同。《邶风·燕燕》篇"终温且惠",《传》不释"温"。

《大雅·抑》篇"莫扪朕舌",《传》云："莫，无。"〇作桢按：此下当有"不见于某《传》"云云。

训"哲"为"知",见于《瞻卬》篇"哲夫成城"传，不

---

① 原文作"徨"，今据《毛诗正义》改作"徉"。
② 原文作"词"，今据《毛诗正义》改作"辞"。

见于《烝民》篇"既明且哲"传。

训"宣"为"遍",见于《公刘》篇"既顺乃宣"传,不见于《绵》篇"乃宣乃亩"传。

《邶风·凯风》篇"吹彼①棘心",《传》不释"棘"。《魏风·园有棘》,《传》云:"棘,枣也。"

《小雅·大东》篇"有捄棘匕",《传》云:"棘,赤心也。"

《大雅·板》篇"听我嚣嚣",《传》云:"嚣嚣,犹警警也。"《小雅·十月之交②》篇"谗口嚣嚣",《传》无释。

《秦风·渭阳》篇"何以赠之",《传》云:"赠,送也。"《郑风·女曰鸡鸣》篇"杂佩以赠之",《传》不释"赠"。《溱洧》篇"赠之以芍药",亦不释"赠"。

《鲁颂·泮水》篇"翩彼飞鸮",《传》云:"翩,飞貌。"而《小雅·四牡》篇"翩翩者雏",传文无释。《小雅·车辖》篇"依彼平林",《传》云:"依,茂木貌。"而《采薇》篇"杨柳依依",传文无释。

《小雅·南有嘉鱼》篇"甘瓠累之",《传》云:"累,蔓也。"《周南·樛木》篇"葛藟累之",传文仅云"茂盛",不释"累"义。《小雅·鹿鸣》篇"嘉宾式燕以敖",《传》云:"敖,游也。"而《邶风·柏舟》篇"以敖以游",传文仅云

---

① 原文作"我",今据《毛诗正义》改作"彼"。

② 原文无"之交",今据《毛诗正义》补之。

"敖游忘忧"，不释"敖"义。《王风·君子阳阳》篇"右招我由敖"，《传》亦不释。

训同而义实别例

《大雅·抑》篇"克共明刑"，《传》云："刑，法也。""法"为法度之法。《周颂·我将》篇"仪式刑文王之典"，《传》云："刑，法也。""法"为效法之法。《大雅·文王》篇"仪刑文王"，传文亦云："刑，法。"其"法"字之义亦与《我将》传不同。《左传·昭六年》并引《文王》《我将》之文。《疏》引"仪式刑文王之典"注云："言善用法文王之德。"又引"仪刑文王"服注云："言文王善用其法。"是其别也。又《大雅·思齐》篇"刑于寡妻"，传文亦云："刑，法。"其义亦与《抑》传迥别。《召南·行露》篇"厌浥行露"，《传》云："行，道也。""道"为道路之道。《邶风·北风》篇"携手同行"、《大雅·行苇》篇"敦彼行苇"，《传》并云："行，道也。"《郑风·有女同车》篇"有女同行"，《传》云："行，行道也。"下"行"字为衍文，均以经文之"行"为"道路"。《鄘风·载驰》篇"亦各有行"，《传》云："行，道也。""道"为道理之道。《小雅·鹿鸣》篇"示我周行"，《传》云："行，道也。"义亦同。《小雅·天保》篇"神之吊矣"，《传》云："吊，至。""至"为来至之至。又《节南山》"不吊昊天"，《传》云："吊，至。""至"为极至之至。谓于昊天之道有所不足，未能臻达其极。《小雅·鸿雁》篇"其究安宅"，《传》云："究，穷也。""穷"为穷困之穷。《大雅·荡》篇"靡届靡究"，《传》云："究，穷也。""穷"为穷极之穷。用陈奂《疏》。《鸿雁》,《笺》云:"终有安居。"① 似以《传》"穷"字义与"终"同。此均训同义别者也。

又《秦风·驷䮫》篇"奉时辰牡",《传》云:"时,是。"与此义同。《小雅·十月之交②》篇"抑此皇父,岂曰不时",《传》亦训"时"为"是","是"则是非之是也。《大雅·文王》篇"帝命不时",《传》云:"不时,时也。""时,是也","是"义亦与此同。郑《笺》云:"天命之不是乎?又是矣。"则以传文"是"字为是非之是。《大雅·烝民》篇"古训是式",《传》云:"古,故。训,道。""道"谓先王之道。即"训典"。其《周颂·烈文》篇"四方其训之",《传》亦诂"训"为"道","道"则教导之道也。此均训同义别之例,混而一之,则传意不可通矣。

《王风·兔爰》篇"尚无庸",《传》云:"庸,用也。""用"为试用之用,与上章"为"字,其义略同。《齐风·南山》篇"齐子庸止",《传》云:"庸,用也。""用"与上章"由归"之"由",两义相近,谓从由也。援此以推,知传文各训,当互证上下各章,以明其实义之所在,不得谓两传训诂相符,即云其义不异也。

《陈风·东门之枌》篇"谷旦于逝",《传》云:"逝,往。""往"谓往行。《小雅·杕杜》篇"期逝不至",《传》云:"逝,往。""逝"谓往者。《祈父》篇"祈父,亶不聪",

---

① 原文作"其终安居",今据《毛诗正义》改作"终有安居"。
② 原文无"之交",今据《毛诗正义》补之。

《传》云："亶，诚也。""诚"谓诚然。《大雅·板》篇"不实于亶"，《传》云："亶，诚也。""诚"谓诚实。此二文者，传训虽同，而字义①虚实不同，此亦训同义别之例也。又按：《齐风·南山》篇"曷又鞫止"，《传》云："鞫，穷。""鞫"谓穷极，与《邶风·谷风》篇"昔育恐育鞫"、《小雅·小弁》篇"鞫为茂草"，其义稍殊。然《谷风》《小弁》两传亦训"鞫"字为"穷"。《齐风·南山》篇"曷又极止"，《传》云："极，至。"谓穷极，与《鄘风·载驰》篇"谁因谁极"、《小雅·菀柳》篇"后予极焉"、《大雅·嵩高》篇"骏极于天"，其义亦殊。然《载驰》《菀柳》《嵩高》三传，亦训"极"字为"至"，此亦训同义别之列。

《召南·草虫》篇"我心则夷"，《传》云："夷，平也。""平"与首章"降"义略同，谓平静也。《小雅·出车》篇"猃狁于夷"，《传》云："夷，平也。""平"与前章"襄"义略同，谓平殄也。郑《笺》以为"平，成"，疑非毛义。又《大雅·桑柔》篇"乱生不夷"、《召旻》篇"实②靖夷我邦"，《传》均训"夷"为"平"。按：文意审之，亦与《出车》传同义。又《节南山》"式夷式已"，《传》云："夷，平也，用平则已。""平"谓平正之人，与彼两传训"夷"为"平"者，其义均别。此三传训同而义均别者也。

《邶风·燕燕》篇"远于将之"，《传》云："将，行也。""行"为出行之行。《郑风·丰》篇"悔予不将兮"，《传》云："将，

---

① 原文作"异"，今据文意改作"义"。

② 原文作"式"，今据《毛诗正义》改作"实"。

行也。"其义亦同。《简兮》篇"方将万舞",《传》云:"将,行也。""行"为施用之行。《大雅·烝民》篇"仲山甫将之",《传》云:"将,行也。"《周颂·敬之》篇"日就月将",《传》云:"将,行也。""行"义亦与"施"同,谓奉行也。《大雅·文王》篇"祼将于京",《传》亦谓"将"为"行",谓行灌祼之事,亦与"奉行"义近。《小雅·楚茨》篇"尔殽既将",《传》云:"将,行。"《大雅·既醉》篇"尔殽既将",传同。"行"读行列之行。陈奂《疏》以《楚茨》《既醉》两传"行"字,并谓行列之"行",亦同。与彼两传训"将"为"行"者,其义均别。此亦三传训同而义实别者也。

《周南·兔罝》篇"公侯干城",《传》云:"干,捍也。"此篇"干""城"并文,"干"为干盾之干,即孔《疏》所谓"捍蔽如盾""防守如城"也。《笺》云:"干也,城也,皆以御难。"申《传》,非以改《传》。《传》以"干"取捍蔽为义,因以"捍"字诂"干",若《小雅·采芑》篇"师干之试",传文亦云"干,捍",是直读"干"为"捍",谓师众皆为捍蔽之用也。《笺》谓其士卒皆有佐师捍敌之用,以"捍"为捍敌,深详传意,以"师"为"佐师",与《传》训"师"为"众"不合。虽与《兔罝》传训同,而义实别。

《齐风·东方未明》篇"不能辰夜",《传》云:"辰,时也。"谓不能时节夜漏也。《秦风·驷驖》篇"奉时辰牡",《传》云:"辰,时也。"谓奉此四时之兽也。

两句似异实同例

《周南·葛覃》篇"薄污我私，薄浣我衣。害浣害否，归宁父母"，《传》云："私，燕服也。"又云："私服宜浣，公服宜否。"据《毛诗》，则"我私""我衣"均谓燕服。郑《笺》谓"衣"谓袡衣以下，则以"衣"为公服，与"私"对文，非毛义也。《小雅·北山》篇"嘉我未老，鲜我方将"，《传》云："将，壮也。"《笺》云："嘉、鲜，皆善也。"

《楚茨》篇"莫怨具庆"，《唐风·葛生》篇"谁与独处"，《小雅·巧言》篇"无罪无辜""昊天已威，予慎无罪。昊天大怃，予慎无辜"，《邶风·谷风》篇"不远伊迩"，《小雅·頍弁》篇"岂伊异人，兄弟匪①他"。《笺》云："此言王当所与宴者。"

《大雅·嵩高》篇"揉此万邦，闻于四国"②，《传》："四国，犹言③四方也。"

《小雅·雨无正》篇"三事大夫，莫肯夙夜。邦君诸侯，莫肯朝夕"。

《周颂·载芟》篇"匪且有且，匪今斯今"，《小雅·斯

---

① 原文作"非"，今据《毛诗正义》改作"匪"。
② 原文作"四国于蕃，四方于宣"，今据《毛诗故训传》改作"揉此万邦，闻于四国"。
③ 原文无"犹言"，今据《毛诗正义》补之。

干》篇"如鸟斯革,《传》云:'革,翼也。' 如翚斯飞"。

《大雅·思齐》篇"雍雍在宫,肃肃在庙",《传》于"宫""庙"无释。《召南·采蘩》篇"公侯之宫",《传》训为"庙",则"宫""庙"是一。

《周南·芣苢》篇首章"采采芣苢,薄言采之。采采芣苢,薄言有之",《毛传》云:"采,取也……有,藏之也。"次章云"采采芣苢,薄言掇之。采采芣苢,薄言捋之",《毛传》云:"掇,拾也……捋,取也。"三章"采采芣苢,薄言袺之。采采芣苢,薄言襭之",《毛传》云:"袺,执衽也。扱衽曰襭。"陈奂《疏》云,毛义以首章泛言"取""藏",下二章乃分承之。"掇""捋"承"采"而言,"袺""襭"承"有"而言。

《大雅·大明》篇"来嫁于周,曰嫔于京"。

《小雅·何草不黄》篇"何日不行?何人不将",《毛传》云:"言万民无不从役。"

《大雅·卷阿》篇"亦集爰止"。按:《唐风·鸨羽》,《传》:"集,止也。"

两篇同文异义例

《周南·卷耳》篇"嗟我怀人,寘彼周行",《传》云:"怀,思。寘,置。行,列也。思君子,官贤人,置周之列位。"《传》知"周行"为行列者,据《左氏传》"各居其列"

为说也。又《小雅·鹿鸣》篇"人之好我，示我周行"，《传》云："周，至。行，道也。"《疏》引王肃申毛，谓"示我以至美之道"。二训不同，明"行"非行列之行，"周"非商周之周也。《笺》不达《传》例，误以《卷耳》传意释《鹿鸣》，易"示"为"实"，说虽巧合，虑非周秦古义矣。《大东》篇"行彼周行"，毛无传，未审与《卷耳》《鹿鸣》同异。

《邶风·泉水》篇"遄臻^①于卫，不瑕有害"，《传》云："瑕，远也。"《疏》引王肃申毛云："言愿疾至于卫，不远礼义之害。"又《二子乘舟》篇"愿言思子，不瑕有害"，《毛传》云："言二子之不远害。"按：二诗文同，《传》均诂"瑕"为"远"，"有"字又均句中语词，然实训同义异。《泉水》之"害"，"害"与"失"同，谓无差违礼义之过失也。《二子乘舟》之"害"，"害"与"患"同，言弗避祸患也。比而一之，则辞义俱累矣。

《周南·关雎》篇"辗转反侧"，《传》无释，盖以"反侧"与"辗转"义同。《小雅·何人斯》篇"作此好歌，以极反侧"，《传》云："反侧，不正直也。"《笺》以"辗转"为释，未达《传》旨。

《小雅·天保》篇"如南山之寿，不骞不崩"，《传》云："骞，亏也。"《疏》云："不骞亏，不崩坏。"《无羊》篇"不

骞不崩"，毛云："骞，亏也。崩，群疾也。"《鲁颂·閟宫》篇"不亏不崩"，《笺》云："亏、崩，皆谓毁坏也。"

《小雅·蓼萧》篇"孔燕岂弟"，《传》云："岂，乐。弟，易也。"《齐风·载驱》篇"齐子岂弟"，《传》云："言文姜于是乐易然。"《笺》云："此岂弟犹言发夕也。"○作桢按：原稿或以"发夕"为异于《蓼萧》欤？故补录《笺》语备考。

《周南·桃夭》篇"之子于归"，《传》云："之子，嫁子也。"盖"之"与"适"同，嫁者自此适彼。《经》云"之子"，犹云嫁时之女，此与诂"之"为"是"迥异者也。《鹊巢》"之子于归"同。《邶风·燕燕》篇"之子于归"，《传》云："之子，去者也。归[1]，归宗也。"盖"之"亦由去适彼之词，惟"归"意有不同，谓"归宗"，与《桃夭》之"归"诂"嫁"不同。《卫风·有狐》篇"之子无裳"，《传》云："之子，无室家者。"《豳风·九罭》篇"我觏之子"，《传》云："所以见周公也。"《小雅·车攻》篇"之子于苗"，《传》云："之子，有司也。"《鸿雁》篇"之子于征"，《传》云："之子，侯伯卿士也。"

《邶风·终风》篇"愿言则嚏"，《传》云："嚏，跲也。"王云："愿以母道往加之，则嚏跲而不行。"《二子乘舟》篇"愿言思子"，《传》云："愿，每也。"

---

[1] 原文无"归"字，今据《毛诗正义》补之。

《小雅·车攻》篇"徒御不惊"，《传》云："徒，辇也。御，御马也。"《黍苗》篇"我徒我御"，《传》云："徒行者，御车者。"

《鄘^①风·干旄》篇"彼姝者子"，《传》云："姝，顺貌。"《齐风·东方之日》篇"彼姝者子"，《传》云："姝者，初昏之貌。"

《召南·采蘋》篇"有齐季女"，《传》云："季，少也……少女，微主也。"《曹风·候人》篇"季女斯饥"，《传》云："季，人之少子也。女，民之弱者。"

《小雅·楚茨》篇"或燔或炙"，《传》云："燔取膟膋。"《瓠叶》篇"炮之燔之"，《传》云："加火曰燔。"《桧风·匪风》篇"顾瞻周道"，《传》云："下国之乱，周道灭也。"《小雅·四牡》篇"周道倭迟"，《传》云："周道，岐周之道也。"

《大雅·下武》篇"不遐有佐"，《传》云："远夷来佐也。"《抑》篇"不遐有愆"，《传》云："遐，远也……是于正道不远，有罪过乎？"

《周南·兔罝》篇"肃肃兔罝"，《传》云："肃肃，敬也。"○作桢按：《大雅·思齐》篇"肃肃在庙"，传同。《召南》"肃肃宵征"，《传》云："疾貌。"《小雅·鸿雁》篇"肃肃其羽"，《传》云："羽声。"

———————

① 原文作"卫"，今据《毛诗正义》改作"鄘"。

《卫风·氓》篇"士也罔极"，《传》云："极，中也。"《魏风·园有桃^①》："谓我士也罔极。"传同。《小雅·蓼莪》篇"昊天罔极"，《笺》云："昊天乎，我心无极。"

两篇异文同义例

《小雅·采绿》篇"终朝采绿"，《卫风·河广》篇"曾不崇朝"，《传》云："崇，终也。"

《周南·关雎》篇"君子好逑"，《毛诗》训"逑^②"为"匹"。《兔罝》篇"公侯好仇"，《笺》云："怨耦曰仇……敌国有来侵伐者，可使和好之。"○作桢按："好逑"，《笺》亦云"怨耦曰仇"，《释文》云"好，如字"。《兔罝》诗放此。"逑"本亦作"仇"，此为异文同义之证。

《大雅·生民》篇"时维姜嫄"，《鲁颂·閟宫》篇"实维大王"。

害、曷。○作桢按：原稿仅此二字。先师似以二字均训"何"，为异文同义之材料。考《周南·葛覃》篇"害浣害否"，《传》云："害，何也。"《邶风·绿衣》篇"曷维其已"，《传》云："忧虽欲自止，何时能止也？"惟两篇句法不相类，故不补入正文。《邶风·谷风》篇"何有何亡"，其句法颇似"害浣害否"，又《毛诗》"曷"字多，《尚书》则"害"字多。

---

① 原文无"园有桃"，今据《毛诗正义》补之。
② 原文作"好"，今据《毛诗正义》改作"逑"。

后章不与前章同义例

《周南·桃夭》篇首章"之子于归，宜其室家"，《传》云："宜以有室家，无逾时者。"次章"之子于归，宜其家室"，《传》云："家室，犹室家也。"据《传》说，首章、次章二"宜"字均谓得嫁娶之时。又三章"宜其家人"，《传》云："一家之人，尽以为宜。"是末章"宜"字与"善"字同，不与上二章同义也。盖前二章据嫁时言，末据既嫁言，故词同义异。

《郑风·缁衣》首章"缁衣之宜兮"、次章"缁衣之好兮"，《传》云："好，犹宜也。"三章"缁衣之席兮"，《传》云："席，大也。"谓服缁衣大得其宜。

《齐风·南山》首章"鲁道有荡，齐子由归。既曰归止，曷又怀止"，《传》云："怀，思也。"次章"鲁道有荡，齐子庸止。《传》云：'庸，用也。''用'即上文齐子之'由'。既曰庸止，曷又从止？"

《召南·鹊巢》篇首章"百两御之"，《传》云："诸侯之子嫁于诸侯，送御皆百乘。"次篇"百两将之"，《传》云："将，送也。"是"御""将"均就送迎言。其三章"百两成之"，《传》云："能成百两之礼也。"意与前别，不蒙送迎为义。《笺》云："以百两之礼送迎成之。"牵合前二章为说，非毛义也。

《卫风·考槃》篇首章"考槃在涧，硕人之宽"、次章

"考槃在阿，硕人之薖"，《传》云："薖，大貌。"是"薖"义同"宽"。其三章"考槃在陆，硕人之轴"，《传》云："轴，进也。"孔《疏》谓《传》训"轴"为"迪"，则是"大德之人进于道义"，盖得《传》旨。是三章之义与前章别。《笺》以"轴"为"病"，"薖"为"饥"意，"宽"为"宽然有虚乏之色"，强合三章为一义，非毛旨。

《郑风·清人》首章"二矛重英"，《传》云："重英，矛有英饰也。"次章"二矛重乔"，《传》云："重乔，累荷也。"盖"乔"与"高"同，《传》明称高之义，故云"累荷"，负揭而益上，故云"乔"也。盖首章指矛饰言，次章指矛高言，《笺》云："乔，矛矜近上及室题，所以悬毛羽。"

《秦风·终南》篇首章"有条有梅"，《传》云："条，楗。梅，楠也。"次章"有纪有堂"，《白帖》所引作"有杞有棠"，《传》云："纪，基也。堂，毕道平如堂也。"上章指物，下章指地。

《召南·采蘩》篇首章"于以用之？公侯之事"，《传》云："之事，祭事也。"次章"公侯之宫"，《传》云："宫，庙也。"

《秦风·无衣》首章"与子同袍"、次章"与子同泽"、三章"与子同裳"，《传》云："泽，润泽也。"是次章之文不与首、末各章同义。

《唐风·羔裘》篇二章"自我人究究"，《传》云："究究，犹居居也。"○作桢按：此乃同义，或如省举篇之并列复举欤？

《秦风·晨风》篇次章"山有苞栎，隰有六駮"，《传》云："栎，木也。駮，如马，倨牙，食虎豹。"三章"山有苞棣，隰有树檖"，《传》云："棣，唐棣也。檖，赤罗^①也。"前章以兽配木，后章并言二木。《疏》引陆《疏》，以駮为梓榆。

《陈风·防有鹊巢》篇"防有鹊巢，邛有旨苕""中唐有甓，邛有旨鷊"，《桃夭》首章"灼灼其华"、次章"有蕡其实"、三章"其叶蓁蓁"。

《郑风·出其东门》篇首章"聊乐我员"，《传》云："愿室家得相乐也。"次章"聊可与娱"，《传》云："娱，乐也。"

《褰裳》篇"岂无他人，岂无他士"。事也。

《召南·江有汜》篇首章"其后也悔"，二章"其后也处"，毛云："处^②，止也。"三章"其啸也歌"，"啸""歌"并言。

《鄘风·干旄》篇首章"良马四之"，《传》云："愿以素丝纰组之法御四马也。"次章"良马五之"，《传》云："骖马五辔。"三章"良马六之"，《传》云："四马六辔。"

《魏风·伐檀》篇首章"坎坎伐檀兮"、次章"坎坎伐辐兮"，《传》云："辐，檀辐也。"三章"坎坎伐轮兮"，《传》云："檀可以为轮。"

《小雅·青蝇》篇首章"止于樊"，《传》云："樊，藩也。"次章"止于棘"，三章"止于榛"。《传》云："榛，所以为藩也。"

---

① 原文作"萝"，今据《毛诗正义》改作"罗"。
② 原文无"处"字，今据《毛诗正义》补之。

《商颂·长发》篇四章"受小球大球，为下国缀旒"，《传》云："球，玉。缀，表。旒，章也。"五章"受小共大共，为下国骏厖"，《笺》云："共，执也。小共大共，犹所执搢小球大球也。"王肃云："言汤为之立法，成下国之性，使之大厚。"○作桢按：《传》训"共"为"法"，《笺》异义，王则申毛。

训词以上增益谓字例

《鄘风·柏舟》篇"母也天只"，《传》云："天，谓父也。"明他篇"天"字非以喻父。《鹑之奔奔》篇"我以为兄"，《传》云："兄，谓君之兄。"明他篇"兄"字非谓君兄。《小雅·庭燎》篇"君子至止"，《传》云："君子，谓诸侯也。"《采菽》篇"君子来朝"，传同。明他篇"君子"不谓诸侯。《沔水》篇"邦人诸友"，《传》云："邦人诸友，谓诸侯也。"明他篇"人"云、"友"云，亦与诸侯靡涉。《正月》篇"父母生我"，《传》云："父母，谓文、武也。"明与他篇"父母"不同。《小宛》篇"念昔先人"，《传》云："先人，文武也。"《大雅·云汉》篇"父母先祖"，《传》云："先祖，文武，为民父母也。"《假乐》篇"燕及朋友"，《传》云："朋友，君臣也。"此于《传》例，亦当有"谓"字，盖偶省。此传文增益谓字之意也。

《小雅·大东》篇"有饛簋飧"，《传》云："飧，熟食，谓黍稷也。"盖"飧"为熟食大名，非黍稷所专。此冢^①簋言，明《魏风·伐檀^②》篇"不素飧兮"，兼晐鼎实，此则惟属簋实也。《小雅·楚茨》篇"为豆孔庶"，《传》云："豆谓内羞、庶羞也。"盖羞豆而外，兼有正豆，此云"孔庶"，明《宾之初筵》篇"笾豆有楚"兼晐正豆，此则惟属羞豆也。《经》以大名代小名，故《传》增"谓"字，以示别异。

《豳风·七月》篇"一之日于貉"，《传》云："于貉，谓取。"用陈启源《稽古编》读，明他篇"于"字不晐"取"义，此则《经》云"于貉"，"取"义即晐其中。《邶风·谷风》篇"何有何亡^③"，《传》云："有，谓富也。亡，谓贫也。"亦同上例。以他篇云"有"、云"亡"，不谓"贫""富"，此则以"有""亡"表"贫""富"也。

《小雅·甫田》篇"倬彼甫田"，《传》云："甫田，谓天下田也。"以《齐风·甫田》，《传》训为"大"，此与不同。《车舝》篇"思娈季女逝兮"，《传》云："谓有齐季女也。"以《曹风·候人》篇"季女斯饥"，《传》诂"季"为"人之少子"，此与不同，故特引《召南·采蘋》篇为况。又《鲁颂·泮水》篇"大赂南金"，《传》云："南，谓荆、扬也。"以《周南·樛木》篇"南有樛木"，《传》训"南土"，不专指

---

① 原文作"冢"，今据文意改作"冢"。
② 原文作"硕人"，今据《毛诗正义》改作"伐檀"。
③ 原文作"无"，今据《毛诗正义》改作"亡"。

"荆、扬"言。《笺》云："南土，谓荆、扬之域。"此与稍别。以上三条，均系经文两同，而所指各别。《传》增"谓"字为别者，所以明后义殊于前义也。

《唐风·绸缪》篇"三星在天"，《传》云："在天，谓始见东方也。"盖以"始见东方"，不足晐"在天"之义，故增"谓"字为别，亦与前数例同。《邶风·击鼓》篇"从孙子仲"，《传》云："孙子仲，谓公孙文仲也。"《鲁颂·闷宫》篇"周公之孙，庄公之子"，《传》云："谓僖公也。"此二"谓"字乃实指之词，不入前例。《邶①风·匏有苦叶》篇"旭日始旦"，《传》云："谓大昕之时。""谓"亦实指之词。《小雅·小弁》篇"鹿斯之奔，维足伎伎"，《传》云："伎伎，舒貌，谓鹿之奔走，其足伎伎然舒也。"

《邶风·匏有苦叶》篇"深则厉"，《传》云："以衣涉水为厉，谓由带以上也。"按：《卫风·有狐》篇"在彼淇厉"，《传》云："厉，深可厉之旁②。"两"厉"字义虽其贯，然彼为地名，此为事名，故前传特增"谓"字，明与后文之"厉"示别。此与前例亦略同。

传文之例，有云"以言""以称""以托"者，其例亦与"谓"同，惟均状物之词及喻词耳。《小雅·无羊》篇"矜矜兢兢"，《传》云："以言坚强也。"盖以《小旻》篇"兢兢"，《传》训为"戒"，此与不同。《大雅·板》篇"上帝板板"，

---

① 原文作"卫"，今据《毛诗正义》改作"邶"。
② 原文作"者"，今据《毛诗正义》改作"旁"。

《传》云："上帝，以称王者也。"《荡》篇"荡荡上帝"，《传》云："上帝，以托君王也。"盖以《皇矣》篇"皇矣上帝"实指天言，此与不同。其曰"以言""以称""以托"者，均以示别他篇也。又《桑柔》篇"倬彼昊天"，《传》云："昊天，斥王者也。"《瞻卬》篇"瞻卬昊天"，《传》云："昊天，斥王也。""斥"与"以托"义同，亦以明此文"昊天"为喻词，与他篇不同也。

《周南·关雎》篇"窈窕淑女"，《传》云："言后妃有关雎之德，是幽闲贞专之善女，宜为君子之好匹。"《召南·羔羊》篇"羔羊之缝"，《传》云："言缝杀之，大小得其制。"《邶风·匏有苦叶》篇"卬须我友"，《传》云："以言室家之道，非得所适，贞女不行。"《旄丘》篇"狐裘蒙戎"，《传》云："蒙戎，以言乱也。"《静女》篇"俟我于城隅"，《传》云："城隅，以言高而不可逾。""爱而不见，搔首踟蹰"，《传》云："言志往而行正。"《谷风》篇"黾勉同心"，《传》云："言黾勉者，思与君子同心也。"《新台》篇"鱼网之设，鸿则离之"，《传》云："言所得非所求也。"《终风》篇"惠然肯来"，《传》云："言时有顺心也。"《凯风》篇"在浚之下"，《传》云："在浚之下，言有益于浚。"《二子乘舟》篇"不瑕有害"，《传》云："言二子之不^①远害。"《鄘风·桑中》篇"云谁之

———————————

① 原文无"不"字，今据《毛诗正义》补之。

思？美孟姜矣"，《传》云："言世族在位，有是恶行。"《卫风·氓》篇"不见复关，泣涕涟涟"，《传》云："言其有一心乎君子，故能自悔。"《王风·兔爰》篇"有兔爰爰，雉离于罗"，《传》云："言为政有缓有急，用心之不均。"《丘中有麻》篇"贻我佩玖"，《传》云："言能遗①我美宝。"《郑风·女曰鸡鸣》篇"明星有烂"，《传》云："言小星已不见也。"《子衿》篇"子宁不来"，《传》云："不来者②，言不一来也。"《出其东门》篇"有女如荼"，《传》云："言皆丧服也。"《齐风·载驱》篇"四骊济济"，《传》云："四骊，言物色盛也。""齐子岂弟"，《传》云："言文姜于是乐易然。"《敝笱》篇"其从如云"，《传》云："如云，言盛也。"又"其从如雨"，《传》云："如雨，言多也。"《卢令》篇"卢令令，其人美且仁"，《传》云："言人君能有美德，尽其仁爱，百姓欣而奉之，爱而乐之，顺时游田，与百姓共其乐，同其获，故百姓闻而说之，其声令令然。"《唐风·葛生》篇"夏之日，冬之夜"，《传》云："言长也。"《扬之水》篇"云何其忧"，《传》云："言无忧也。"《椒聊》篇"远条且"，《传》云："言声之远闻也。"《陈风·衡门》篇"衡门之下"，《传》云："衡门，横木为门，言浅陋也。"《东门之杨》篇"其叶牂牂"，《传》云："言男女失时，不逮秋冬。"《曹风·蜉蝣》篇"麻衣如雪"，《传》云："如雪，

---

① 原文作"贻"，今据《毛诗正义》改作"遗"。
② 原文无"者"字，今据《毛诗正义》补之。

言鲜洁。"《候人》篇"彼候人兮，何戈与祋"，《传》云："言贤者之官，不过候人。"《鸤鸠》篇"其仪一兮，心如结兮"，《传》云："言执义一，则用心固。"《豳风·东山》篇"慆慆不归"，《传》云："慆慆，言久也。""九十其仪"，《传》云："九十其仪，言多仪也。""其旧如之何"，《传》云："言久长之道也。""有敦瓜苦，烝在栗薪"，《传》云："言我心苦，事又苦也。"以上《国风》。

《小雅·采芑》篇"服其命服，朱芾斯皇，有玱葱珩"，《传》云："言周室之强，车服之美也。"《车攻》篇"四黄既驾，两骖不猗"，《传》云："言御者之良也。""不失其驰，舍矢如破"，《传》云："言习于射御法也。""萧萧马鸣，悠悠旆旌"，《传》云："言不谊哗也。"《吉日》篇"发彼小豝"，《传》云："言能中微而制大也。"《沔水》篇"其流汤汤"，《传》云："言放纵无所入也。""载飞载扬"，《传》云："言无所定止也。"《十月之交》篇"高岸为谷，深谷为陵"，《传》云："言易位也。"《鸳鸯》篇"戢其左翼"，《传》云："言休息也。"《苕之华》篇"牂羊坟首，三星在罶"，《传》云："牂羊坟首，言无是道也。三星在罶，言不可久也。"《楚茨》篇"济济跄跄"，《传》云："济济跄跄，言有容也。""执爨踖踖"，《传》云："踖踖，言爨灶有容也。""君妇莫莫"，《传》云："莫莫，言清静而敬至也。"与《葛覃》篇"成就之貌"异。《斯干》篇"殖殖其庭，有觉其楹"，《传》云："殖殖，言平正也。有觉，言高大也。""乃寝乃兴，乃占我梦"，《传》云："言善之应人也。"《裳裳者华》篇"乘其四骆，六辔沃若"，《传》云："言世禄也。"《天保》篇"如山如阜，如冈如陵"，《传》云："言广厚也。"《六月》篇"比物四骊，闲之维则"，《传》云："言先教战，然后用师。""薄伐玁狁，至于大原"，《传》云："言逐出之而已。"《常棣》篇"鄂不韡韡"，《传》云："鄂，犹鄂鄂然，言外发也。""兄弟求矣"，《传》云："言求兄弟也。""兄弟急难"，《传》云："言兄弟之相救于急难。"《何草不黄》篇"何人不将"，《传》云："言万民无不从役。"《信南山》篇"执其鸾刀"，《传》云："鸾刀，刀有鸾者，言割中节也。"《正月》篇"侯薪侯蒸"，《传》云："薪、蒸，言似而非。""瞻彼阪田，有菀其特。"《传》云："言朝廷曾无杰臣。"○此条作桢所增。"彼有旨酒，又有嘉肴"，《传》云："言礼物备也。"《小旻》篇"国虽靡止"，《传》云："靡止，言小也。"《鼓钟》篇"鼓钟钦钦"，《传》云："钦钦，言使人乐进也。"《宾之初筵》篇"威仪反反"，《传》云："反反，言重慎也。"《巷伯》篇"哆兮侈兮"，《传》云："侈之言是必有因也。"《鹤鸣》篇"鹤鸣于九皋，声闻于野"，《传》云："言身隐而名著也。"《白华》篇"英英白云，露彼菅茅"，《传》云："言天地之气，无微不著，无不覆养。"《小宛》篇"交交桑扈，率场啄粟"，《传》云："言上为乱政而求下之治，终不可得也。"《小雅·小弁》篇"不属于毛，不罹①于里"，《传》云："毛在外，阳，以言父。里在内，阴，以言母。"《谷风》篇"将安将乐，女转弃予"，《传》云："言朋友趋利，穷达相弃。"以上《小雅》。

　　《大雅·生民》篇"不坼不副，无灾无害"，《传》云："言易也。"《行苇》篇"序宾以贤"，《传》云："言宾客次第皆贤。""四镞如树"，《传》云②："言皆中也。""序宾以不侮"，《传》云："言其皆有贤才也。"《凫鹥》篇"尔酒既多，尔殽既嘉"，《传》云："言酒品齐多而殽备美③。""无有后艰"，《传》云："言不敢多祈也。"《绵》篇"其绳则直"，《传》云："言不失绳直也。""捄之陾陾，度之薨薨"，《传》云："言百姓之劝勉也。""蘽鼓弗胜"，《传》云："言劝事乐功也。"④"古公亶父"，《传》云："古，言久也。"《公刘》篇"乃埸乃疆，乃积乃仓"，《传》云："乃埸乃疆，言修其疆埸也。乃积乃仓，言民事时和，国有积仓也。""思辑⑤用光"，《传》云："思辑用光，言民相与和睦，以显于时也。""维玉及瑶，鞞琫容刀"，《传》云："瑶，言有美德也。下曰鞞，上曰琫，言德有度数也。"《板》篇"如埙如篪，如璋如圭，如取如携"，《传》云："如埙如篪，言相和也。如璋如圭，言相合也。如取如携，言

---

① 原文作"离"，今据《毛诗正义》改作"罹"。

② 原文无"《传》云"，今据文例补之。

③ 原文作"矣"，今据《毛诗正义》改作"美"。

④ 原文作"言乐事劝功也"，今据《毛诗正义》改作"言劝事乐功也"。

⑤ 原文作"戢"，今据《毛诗正义》改作"辑"。

必从也。"《韩奕》篇"祁祁如云",《传》云:"如云,言众多也。""实墉实壑",《传》云:"实墉实壑,言高其城,深其壑也。"《大明》篇"文定厥祥",《传》云:"言大姒之有文德也。""亲迎于渭",《传》云:"言贤圣之配也。""不显其光",《传》云:"言受命之宜,王基乃始于是^①也。""其会如林",《传》云:"言众而不为用也。""维予侯兴",《传》云:"言天下之望周也。""无贰尔心",《传》云:"言无敢怀贰心也。""驷骐彭彭",《传》云:"骐马白腹曰骐,言上周下殷也。"《文王》篇"文王陟降",《传》云:"言文王升接天,下接人也。"《旱麓》篇"岂弟君子,干禄岂弟",《传》云:"言阴阳和,山薮殖,故君子得以干禄乐易。""鸢飞戾天,鱼跃于渊",《传》云:"言上下察也。""清酒既载,骍牡既备",《传》云:"言年丰畜硕也。""以享以祀,以介景福",《传》云:"言祀所以得福也。"《既醉》篇"公尸嘉告",《传》云:"公尸,天子以卿,言诸侯也。""笾豆静嘉",《传》既引《郊特牲》"恒豆之菹",即申之云:"言道之遍至也。""朋友攸摄,摄以威仪",《传》云:"言相摄佐者以威仪也。"《荡》篇"人尚乎由行",《传》云:"言居人上,欲用行是^②道也。"《桑柔》篇"其下侯旬",《传》云:"旬,言阴均也。""征以中垢",《传》云:"中垢,言暗冥也。"《烝民》篇"四牡业业,征夫捷

---

① 原文作"此",今据《毛诗正义》改作"是"。
② 原文作"此",今据《毛诗正义》改作"是"。

捷"，《传》云："业业，言高大也。捷捷，言乐事也。""式遄其归"，《传》云："言周之望仲山甫也。"《灵台》篇"王在灵囿"，《传》云："灵囿，言灵道行于囿也。""王在灵沼"，《传》云："言灵道行于沼也。"《云汉》篇"无不能止"，《传》云："言无止不能也。"《思齐》篇"不闻亦式，不谏亦入"，《传》云："言性与天合也。"以上《大雅》。

《周颂·丝①衣》篇"自羊徂牛"，《传》云："言先小后大也。"《小毖》篇"予又集于蓼"，《传》云："予，我也。我又集于蓼，言辛苦也。"《噫嘻》篇"骏发尔私，终三十里"，《传》云："私，民田也，言上欲富其民而让于下，欲民之大发其私田耳。终三十里，言各极其望也。"《载芟》篇"有厌其杰"，《传》云："有厌其杰，言杰苗厌然特美也。"《载见》篇"龙旂阳阳"，《传》云："龙旂阳阳，言有文章也。""鞗革有鸧"，《传》云："鞗革有鸧，言有法度也。"

《鲁颂·泮水》篇"思乐泮水，薄采其芹"，《传》云："言水则采取其芹，宫则采取其化。""言观其旂"，《传》云："言观其旂，言法则其文章也。""其旂茷茷，鸾声哕哕"，《传》云："茷茷，言有法度也。哕哕，言其声也。""其马蹻蹻"，《传》云："其马蹻蹻，言强盛也。"《有駜》篇"夙夜在公，在公饮酒"，《传》云："言臣有余敬，而君有余惠。"《商

---

① 原文作"绿"，今据《毛诗正义》改作"丝"。

颂·长发》篇"汤降不迟",《传》云:"不迟,言疾也。"《烈祖》篇"八鸾鸧鸧",《传》云:"八鸾鸧鸧,言文德之有声也。"兴词以言喻为恒,如《唐风·葛生》篇首章,《传》云:"喻妇人外成于他家。"《采苓》篇首章,《传》云:"细事喻小行也,幽辟喻无征也。"《齐风·敝笱》篇"其从如水",《传》云:"水,喻众也。"《小雅·頍弁》篇"施于松柏",《传》云:"喻诸公非自有尊,托王之尊。"《鲁颂·有駜》篇"駜彼乘黄",《笺》云:"此喻僖公之用臣,必先致其禄食,禄食足,而臣莫不尽其忠。""振振鹭,鹭于下",《传》云:"以兴洁白之士。"以上三颂。○按:此篇原稿凌杂,作桢特按《风》《雅》《颂》分录。

训词以下增益之字例

《周南·关雎》篇"求之不得,寤寐思服",《传》云:"服,思之也。"《芣苢》篇"薄言有之",《传》云:"有,藏之也。"《召南·鹊巢》篇"维鸠方之",《传》云:"方,有之也。"《释文》云:"一本无'之'字。"疑非。寻绎《传》例,凡诗诂鞠曲,必辗转始得其义者,恒于训词之下增益"之"字,明与直训不同。"服"字不得直诂为"思",而《关雎》之"服"实为"思"义,因以"思之"诂"服"。《疏》引王肃述毛云:"服膺思念之。"疑非。"有"字不得直诂为"藏",而《芣苢》之"有"

实为"藏"义，因以"藏之"诂"有"①。"方"字不得直诂为
"有"，而《鹊巢》之"方"实为"有"义，因以"有之"诂
"方"。此正例也。又《邶风·终风》篇"顾我则笑"，《传》
云："笑，侮之也。""笑"义不得直训为"侮"，《传》以此篇
"则笑"，即下文"谑浪笑敖②"义，谓笑言相侮，因以"侮之"
训"笑"，亦正例也。

《周南·葛覃》篇"是刈是濩"，《传》云："濩，煮之
也。"义本《尔雅·释训》。《疏》用《尔雅》孙炎注说，谓煮
之于濩，非训"濩"为"煮"，《疏》深得传意。《疏》云："《释
训》云③：'是刈是濩，濩，煮之也。'舍人曰④：'是刈，刈取之。是濩，煮治之。'
孙炎曰：'煮葛以为绤绤，以煮之于濩，故曰"濩煮"，非训"濩"为"煮"。'"
据《疏》说，盖以"濩"即"镬"字，定为器名，《说文》："镬，镛也。"镬，所
以煮，因训"镬"为"煮"。深得传意。盖"是濩"之义虽为煮治，然
"濩"字不得直训"煮"，故《尔雅》及《毛传》并以"煮之"
诂"濩"也。

《小雅·楚茨》篇"或剥或亨"，《传》云："亨，饪之
也。"按："亨"义同"煮"，"饪"义同"熟"，义虽相成，而
义实别。《传》谓经文云"亨"，即谓煮之使熟，《疏》云："亨谓

---

① 原文作"因以'有之'诂'藏'"，据前引传文改作"因以'藏之'诂'有'"。
② 原文作"傲"字，今据《毛诗正义》改作"敖"。
③ 原文无"云"字，今据《毛诗正义》补之。
④ 原文无"曰"字，今据《毛诗正义》补之。

煮之使熟，故曰：'烹，饪之也。'"非直以"饪"训"烹"，故以"饪之"为训也。又《小雅·伐木》篇"有酒湑我"，《传》云："湑，茜之也。"盖既茜之酒，其名为湑。《说文》："湑，茜酒也。""湑"字不得直训"茜"，故以"茜之"诂"湑"也。

《大雅·云汉》篇"如炎如焚"，《传》云："炎，燎之也。""炎"字不得直训"燎"，《说文》："炎，火光上也。"而此文之"炎"实为"燎"义。此传"之"字与各例不合。据《疏》云："焚[1]、燎，皆火烧之名。下有'如焚'，故以'惔'为'燎'也。"明无"之"字。今本作"如惔"，据《疏》云："如炎之惔烧，如火之焚燎。"又云："下有'如焚'，故以'惔'为'燎'也。定本《经》中作'如惔如焚'。"马瑞辰言："据《正义》言定本作'如惔如焚[2]'，则《正义》本原作'如炎如焚[3]'，其释经[4]云'如炎之惔烧'是其证也。"其说甚确。《疏》"以'惔'为'燎'"，亦当作"以'炎'为'燎'"。《小雅·节南山》篇"忧心如惔"，《传》云："惔，燔也。""燔""燎"并同，彼传不云"燔之"，知此传亦不当云"燎之"，以此明"之"为衍字。

《大雅·灵台》篇"经之营之"，《传》云："经，度之也。"按：《楚语》亦引此文，韦注云："经，谓经度之，立其基址也。"即本传说。彼以"经度"诂"经"，知《传》亦以

---

[1] 原文作"炎"，今据《毛诗正义》改作"焚"。

[2] 原文无"如焚"，今据《毛诗传笺通释》补之。

[3] 原文作"炎"，今据《毛诗传笺通释》改作"如炎如焚"。

[4] 原文无"释经"，今据《毛诗传笺通释》补之。

"经度"诂"经"，特省举经文、经字耳。"经""度"本非同义，《疏》云："经度之，谓经理而量度之。"故《传》特增"之"字也。

《周颂·臣工》篇"嗟嗟臣工"，《传》云："嗟嗟，敕之也。"《疏》申《传》说，谓："嗟嗟，叹声。将敕而嗟叹，故云'嗟嗟，敕之'，非训为'敕'。"其说甚确。盖《传》以《经》云"嗟嗟"，义谓发声以敕，非直以"敕"训"嗟"，故以"敕之"为训也。

《周南·卷耳》篇"采采卷耳"，《传》云："采采，事采之也。"《传》以上"采"字训"事"，下"采"字别训"采取"之"采"。

以正字释经文假字例

《周南·汝坟》篇"惄如调饥"，《传》云："调，朝也。"明经"调"即"朝"假。《邶风·谷风》篇"亦以御冬"，《传》云："御，禦也。"明经"御"即"禦"假。《鄘风·蝃蝀》篇"崇朝其雨"，《传》云："崇，终也。"明经"崇"即"终"假。《郑风·缁衣》篇"还予授子之粲兮"，《传》云："粲，餐也。"明经"粲"即"餐"假。《郑风·大叔于田》篇"火烈具举"，《传》云："烈，列。具，俱也。"明经"烈"即"列"假，"具"即"俱"假。《小雅·节南山》篇"民具尔瞻"，《传》云："具，俱。"《遵大路》篇"掺执子之祛兮"，《传》云："掺，擥。"《说文》："擥，撮持也。"明经"掺"即"擥"假。《褰裳》篇

"岂无他士"，《传》云："士，事也。"《小雅·祈父》篇"予王之爪士"、《周颂·敬之》篇"陟降厥士"、《桓》篇"保有厥士"，传同。明经"士"即"事"假。《东门之墠》篇"有践家室"，《传》云："践，浅也。"明经"践"即"浅"假。《扬之水》篇"人实迋女"，《传》云："迋，诳也。"明经"迋"即"诳"假。《溱洧》篇"方秉蕑兮"，《传》云："蕑，兰也。"《陈风·泽陂》篇"有蒲与蕑"，传同。明经"蕑"即"兰"假。《齐风·东方之日》篇"履我即兮"，《传》云："履，礼也。"明经"履"即"礼"假。《南山》篇"齐子庸止"，《传》云："庸，用也。"明经"庸"即"用"假。《秦风·终南》篇"有纪有堂"，《传》云："纪，基也。"明经"纪"即"基"假。《陈风·宛丘》篇"子之汤兮"，《传》云："汤，荡也。"明经"汤"即"荡"假。《豳风·七月》篇"八月断壶"，《传》云："壶，瓠也。"明经"壶"即"瓠"假。《东山》篇"勿士行枚"，《传》云："士，事。枚，微也。"明经"枚"即"微"假。盖谓军行之道均成蹊径，无假经行于隐僻之所，故曰"勿事行微"。《破斧》篇"四国是皇"，《传》云："皇，匡也。""匡"即"筐"字，引申则为"匡正"。明经"皇"即"匡"假。《小雅·常棣》篇"死丧之威"，《传》云："威，畏。"《小雅·巧言》篇"昊天已威"，传同。明经"威"即"畏"假。又"外御其务"，《传》云："务，侮也。"明经"务"即"侮"假。《蓼萧》篇"为龙为光"，《传》云："龙，宠也。"明经"龙"即"宠"假。《斯干》篇"秩秩斯干"，《传》云：

"干，涧也。"明经"干"即"涧"假。《节南山》篇"不宜空我师"，《传》云："空，穷也。"明经"空"即"穷"假。《小弁》篇"譬彼坏木"，《传》云："坏，瘣也。"明经"坏"即"瘣"假。下云："谓伤病也。"释"瘣"字之义。《巷伯》篇"猗于亩丘"，《传》云："猗，加也。"明经"猗"即"加"假。《北山》篇"鲜我方将"，《传》云："将，壮也。"明经"将"即"壮"假。《楚茨》篇"如几如式"，《传》云："几，期。"明经"几"即"期"假。《桑扈》篇"之屏之翰"，《传》云："翰，榦。"明经"翰"即"榦"假。《采菽》篇"殿天子之邦"，《传》云："殿，填也。"各本作"镇"，《释文》云："本作填。"今从之。明经"殿"即"填"假。《疏》云："军行在后曰殿，取其镇重之义，故云'殿，镇也'。"非是。又"天子葵之"，《传》云："葵，揆也。"明经"葵"即"揆"假。《大雅·文王》篇"假哉天命"，《传》云："假，固也。"明经"假"即"固"假。《大明》篇"厥德不回"，《传》云："回，违也。"明经"回"即"违"假。《小雅·小旻》篇"谋犹回遹"，《传》云："回，邪。"《说文》："夔邪也。""夔"即"回违"之本字。又"文王初载"，《传》云："载，识。"明经"载"即"识"假。《棫朴》篇"左右趣之"，《传》云："趣，趋也。"明经"趣"即"趋"假。又"追琢其章"，《传》云："追，雕也。"明经"追"即"雕"假。《说文》："雕，治玉也。"《文王有声》篇"武王岂不仕"，《传》云："仕，事。"明经"仕"即"事"假。《既醉》篇"景命有仆"，《传》云："仆，附也。"

明经"仆"即"附"假。《公刘》篇"干戈戚扬",《传》云："扬,钺也。"当从《说文》作"钺",斧也①。明经"扬"即"钺"假。《板》篇"及尔出王",《传》云："王,往。"明经"王"即"往"假。《荡》篇"侯作侯祝",《传》云："作、祝,诅也。"《传》以"作"为"诅",明经"作"即"诅"假。《疏》云："作,即古诅字。"是也。以"祝"为"诅",明经"祝"亦"诅"义。又"不义从式",《传》云："义,宜也。"明经"义"即"宜"假。《桑柔》篇"仓兄填兮",《传》云："仓,丧也。"明经"仓"即"丧"假。《烝民》篇"我仪《释文》引《传》本作'义'图之",《传》云："仪,宜也。"明经"仪"亦"宜"假。《瞻卬》篇"天何以刺?何神不富",《传》云："刺,责。富,福。"明经"刺"即"责"假,"富"即"福"假。《周颂·敬之》篇"学有缉熙于光明",《传》云："光,广也。"明经"光"即"广"假。《鲁颂·泮水》篇"不吴不扬",《传》云："扬,伤也。"明经"扬"即"伤"假。《闵宫》篇"无贰无虞",《传》云："虞,误也。"明经"虞"即"误"假。《商颂·长发》篇"率履不越",《传》云："履,礼也。"明经"履"亦"礼"假。

　　《小雅·鸿雁》篇"爰及矜人",《传》云："矜,怜也。"《秦风·小戎》篇"文茵畅毂",《传》云："畅毂,长毂也。"

---

①　原文作"戉,大斧也",今据《说文解字》改作"钺,斧也"。

《小雅·四牡》篇"将母来谂",《传》云:"谂,念也。"《常棣》篇"傧尔笾豆",《传》云:"傧,陈。"《邶风·北风》篇"其虚其邪",《传》云:"虚,徐也。"

《小雅·大东》篇"鞙鞙佩璲",《传》云:"璲,瑞也。"《说文》无"璲"字,《尔雅》:"璲,瑞也。"《传》以"璲"即"瑞"字。《唐风·鸨羽》篇"肃肃鸨行",《传》云:"行,翮也。"二字双声。

释词先后不依经次例

《传》释经文,依经次为先后,此正例也。其不依经次为先后者,所以明经文倒字、倒序二例也。其明经文倒字例者,如《邶风·柏舟》篇"如匪浣衣",《传》云:"如衣之不浣。"《日月》篇"逝不相好",《传》云:"不及我以相好。"《小雅·大东》篇"不成报章",《传》云:"不能反报成章。"《大雅·文王》篇"永言配命",谓"我长配天命而行"是也。其明经文倒序例者,如《桧风·羔裘》篇"羔裘如膏,日出有曜",《传》云:"日出照曜,然后见其如膏。"是也。详见上卷。是为经例之一,不涉《传》例。其有经非倒字、倒序,传文作解,不依经次者,如《卫风·淇奥》篇"会弁如星",《传》云:"弁,皮弁。会,'会'字各本并挽,据《疏》云:'收者,所以收发。'则此言'会者所以会发'可知,是《疏》本有'会'字。近据陈奂《疏》补。所以会发。"盖以不先言"弁",则"会发"之义不著,故

《经》云"会弁"，《传》释先"弁"后"会"。《小雅·采芑》篇"约𫐓错衡"，《传》云："𫐓，长毂之𫐓也，朱而约之。"盖以不先言"𫐓"，则"朱、约"之文无著，故《经》云"约𫐓"，《传》释先"𫐓"后"约"。此一例也。又《郑风·将仲子》篇"无折我树杞"，《传》云："杞，木名也。折，言伤害也。"《豳风·七月》篇"七月流火"，《传》云："火，大火也。流，下也。"亦同前例。盖以不先言"火"，则"流，下"之文无所丽；不先言"杞"，则"折，伤"之义无所丽也。又《东山》篇"鹳鸣于垤"，《传》云："垤，蚁冢也。将阴雨，则穴处先知之矣。鹳好水，长鸣而喜也。"其先"垤"后"鹳"，亦与前例略同。盖非先诠"垤"诂，则"鹳鸣"之故不明。是犹《周颂·有客》篇"亦白其马"，《传》云："殷尚白也。亦，亦周也。"先"白"后"亦"，不依经次也。《小雅·六月》篇"文武吉甫"，《传》云："吉甫，尹吉甫也，有文有武。"其例亦同。

《齐风·鸡鸣》篇首章"匪鸡则鸣，苍蝇之声"，《传》云："苍蝇之声，有似远鸡之鸣①。"又次章"匪东方则明，月出之光"，《传》云："见月出之光，以为东方明。"此二文者，经均合二语而成一义，《传》则申成其故，故亦错综经文也。《召南·行露》篇"谁谓雀无角，何以穿我屋"，《传》

---

① 原文作"声"，今据《毛诗正义》改作"鸣"。

云："雀之穿屋，似有角者。""谁谓鼠无牙，何以穿我墉？"《传》云："视墙之穿，推其类，可谓鼠有牙。"亦同前例。《小雅·采芑》篇"钲人伐鼓"，《传》云："伐，击也。钲以静之，鼓以动之。"传意欲明"钲""鼓"并文，故先释"伐"字，以见经文云"伐"晐"钲""鼓"言，详他卷。此变例也。

《小雅·蓼莪》篇"瓶之罄矣，惟罍之耻"，《传》云："瓶小而罍大。罄，尽也。"《邶风·简兮》篇"有力如虎，执辔如组"，《传》云："组，织组也。武力比于虎，可以御乱。御众有文章，言能治众，动于近，成于远也。"《桧风·匪风》篇"谁能亨鱼，溉之釜鬵"，《传》云："溉，涤也……亨鱼烦则碎，治民烦则散。"此传文先明下句字训，次综释二句之义者也。《传》例释字为先，释义为后，故诠释上句之义，后于诠释下句字训也。若《王风·丘中有麻》篇"丘中有麻，彼留子嗟"，《传》云："留，大夫氏。子嗟，字也。丘中墝埆之处，尽有麻、麦、草、木，乃彼子嗟之所治。"《大雅·绵》篇"乃立冢土，戎丑攸行"，《传》云："冢，大。戎，大。丑，众也。冢土，大社也……必先有事乎社而后出，谓之宜。"二例略同，与上稍别。盖《传》释"丘中"，通下"子嗟所治"为意；《传》释"冢土"，通下"有事后出"为意。故先释"留子嗟"，次释"丘中"；先释"戎丑"，次释"大社"也。又

《小雅·白华》篇"樵彼桑薪，卬^①烘于煁"，《传》云："卬，我。烘，燎也。煁，烓灶也。桑薪，宜以养人者也。"盖此传不释"桑薪"之诂，其云"桑薪，宜以养人者"，统释此二句，喻物失宜之义，亦与先诂后义之例为近也。

《王风·大车》篇"谷则异室，死则同穴。谓予不信，有如皦日"，《传》云："谷，生。皦，白也。生在于室，则外内异；死则神合，同为一也。"此传文先明本章字训，后复释上二句之文者也。《小雅·巷伯》篇"哆兮侈兮，成是南箕"，《传》云^②："哆，大貌。南箕，箕星也。侈之言是必有因也。"《大雅·皇矣》篇"不长夏以革"，《传》云："革，更也。不以长大有所更。"《小雅·大东》篇"有捄棘匕"，《传》云："匕，所以载鼎实。棘，赤心也。"所以释为匕之美。

《小雅·鹤鸣》篇"爰有树檀，其下维萚"，《传》云："萚，落也。尚有树檀而下其萚。"《小弁》篇"鹿斯之奔，维足伎伎"，《传》云："伎伎，舒貌。谓鹿之奔走，其足伎伎然舒也。"此传文先明下句字训，后依次顺释二句之文者也。《四月》篇"六月徂暑"，《传》云："徂，往也。六月火星中，暑盛而往矣。"此传文先明下句字训，后依次顺释全句之文者也。"徂""暑"倒文，详上卷。并与上例略同。《邶风·燕燕》篇"燕燕于飞，下上其音"，《传》云："飞而上曰上音，飞而下曰

---

① 原文作"邛"，今据《毛诗正义》改作"卬"。
② 原文无"《传》云"，今据文例补之。

下音。"传文先上后下者。上章"颉之颃之",《传》云："飞而
上曰颉,飞而下曰颃。"彼文先上后下,故《传》据彼文之次
迄释此经,不与本文之次相应,亦变例也。

《桧风·匪风》篇"匪风发兮,匪车偈兮",《传》云：
"发发飘风,非有道之风。偈偈疾驱,非有道之车。"《传》倒
经文为释者,盖以经文简隐,非此则经义不明,亦变例也。此
与《王风·葛藟》篇"终远兄弟",《传》云："兄弟之道已相远矣。"其例略同。

《小雅·天保》篇"禴祠烝尝,于公先王",《传》云：
"春曰祠,夏曰禴,秋曰尝,冬曰烝。"经文先"禴"后
"祠"。《传》依《尔雅·释天》篇文,以时为次。《采芑》篇
"于彼新田,于此菑亩",《传》云："田,一岁曰菑,二岁曰新
田,三岁曰畬。"经文先"新"后"菑",《传》依《尔雅·释
地》篇文,以岁为次。此别一例也。

《召南·野有死麕》篇"野有死麕,白茅包之",《传》
云："郊外曰野。包,裹也。凶荒则杀礼,犹有以将之。野有
死麕,群田之,获而分其肉。白茅,取洁清也。"陈奂《疏》
云："此传文^①错误。'包,裹也。凶荒则杀礼,犹有以将之'
十三字当在'白茅,取洁清也'之下……凡《传》例,先依
经文次第作解,后乃统释经义。"其说是也。然此篇《传》本
错误,《疏》本已然,故《疏》亦依据错误传文作释也。《邶

---

① 原文无"文"字,今据《诗毛氏传疏》补之。

风·柏舟》篇"忧心悄悄，愠于群小"，《传》云："愠，怒也。悄悄，忧貌。"《鄘风·柏舟》篇"之死矢靡它"，《传》云："矢，誓。靡，无。之，至也。至己之死，信无它心。"《小雅·南山有台》篇"保艾尔后"，《传》云："艾，养。保，安也。"段玉裁疑《经》当作"艾保"。《大雅·韩奕》篇"诸娣从之，祁祁如云"，《传》云："祁祁，徐靓也。如云，言众多也。诸侯一娶九女，二国媵之。诸娣，众妾也。"《沔水》篇"嗟我兄弟，邦人诸友"，《传》云："邦人诸友，谓诸侯也。兄弟，同姓臣也。"《小旻》篇"匪大犹是经"，《传》云："经，常。犹，道。"《大雅·板》篇"上帝板板"，《传》云："板板，反也。上帝，以称王者也。"《周颂·访落》篇"率时昭考"，《传》云①："时，是。率，循。"（《疏》："□□。②率，循。时，是。"）此七文者，均《传》释不依经次，以他传之例诠之，疑均传写错误，与《野有死麕》传同。《沔水》传、《板》传、《韩奕》传，据《疏》所释，其次序亦与今本同，知错误已久。

《小雅·小旻》篇"不敢暴虎，不敢冯河"，《传》云："冯，陵③也。徒涉曰冯河，徒搏曰暴虎。"惟《柏舟》《小旻》传文，陈奂《疏》疑为误倒，是也。

《郑风·缁衣》篇"缁衣之宜兮，敝予又改为兮"，《传》

---

① 原文无"《传》云"，今据文例补之。
② 原文如此，未详。
③ 原文作"涉"，今据《毛诗正义》改作"陵"。

云："缁，黑色。卿士听朝之正服也。改，更也。有德君子，宜世居卿士之位。"盖传文不释"宜"义，惟于综释经义之文互见"宜"字。《大雅·棫朴》篇"芃芃棫朴，薪之槱之"，《传》云："芃芃，木盛貌。棫，白桵也。朴，枹木也。槱，积也。山木茂盛，万民得而薪之。"盖传文不释"薪"义，惟于综释经义之文，互见"薪"字。此于《传》例为恒，盖与倒释例靡涉者也。

《鄘风·柏舟》篇"母也天只，不谅人只"，《传》云："谅，信也。母也天也，尚不信我。天，谓父也。"传文先释"谅"字者，以"母也"以下综释二句之义，与训字别。其曰"天，谓父"者，乃申释之词，亦与训字例别也。

《大雅·生民》篇"先生如达"，《传》云："达，生也。姜嫄之子，先生者也。"传文先释"达"义者，以下释"先生"二字，不涉训诂。

《小雅·小旻》篇"或肃或艾"，《传》云："艾，治也。有恭肃者，有治理者。"《斯干》篇"载衣之裳，载弄之璋"，《传》云："半珪曰璋。裳，下之饰也。璋，臣之职也。"言其□[1]。

《无羊》篇"旐维旟矣，室家溱溱"，《传》云："溱溱，众也。旐、旟，所以聚众也。"明诗咏"旐、旟"之义。

———————————

[1] 原文如此，未详。

《小雅·四牡》篇"岂不怀归？王事靡盬，我心伤悲"，《传》云："盬，不坚固也训故。""思归者，私恩也。""伤悲者，情思也。"大义。

《周颂·执竞》篇"不显成康"，《传》云："不显乎其成大功而安之也。显，光也。"

《周南·葛覃》篇"葛之覃兮"，《传》云："覃，延也。葛，所以为絺绤，女功之事烦辱者。"

《小雅·采绿》篇"五日为期，六日不詹"，《传》云："詹，至也。妇人五日一御。"

《大雅·生民》篇"诞寘之寒冰，鸟覆翼之"，《传》云："大鸟来，一翼覆之，一翼藉之。人而收取之，又其理也，故置之于寒冰。"先释"鸟覆"，后释"寘冰"，为承上启下之词。《传》有顺《经》之词而释之者，有逆《经》之意而释之者，此其例也。

《豳风·鸱鸮》篇"鬻子之闵斯"，《传》云："鬻，稚。闵，病也。稚子，成王也。"

《大雅·大明》篇"挚仲氏任"，《传》云："挚国任姓之中女也。"

《周颂·时迈》篇"及河乔岳"，《传》云："乔，高也。高岳，岱宗也。"

《小雅·伐木》篇"陈馈八簋"，《传》云："圆曰簋，天子八簋。"

《菁菁者莪》篇"在彼中阿",《传》云:"中阿,阿中也。大陵曰阿。"

《鄘风·蝃蝀》篇"崇朝其雨",《传》云:"崇,终也。从旦至^①食时为终朝。"

《小雅·桑扈》篇"不戢不难,受福不那",《传》云:"戢,聚也。不戢,戢也……那,多也。不多,多也。"

《大雅·文王》篇"有周不显,帝命不时",《传》云:"不显,显也。显,光也。不时,时也。时,是也。"

《灵台》篇"王在灵沼",《传》云:"沼,池也。灵沼,言灵道行于沼也。"

综释全句兼寓训辞例

《邶风·柏舟》篇"不可选也",《传》云:"物有其容,不可数也。"《传》即以"数"释"选"。《绿衣》篇"曷维其已",《传》云:"忧虽欲自止,何时能止也?"《传》即以"止"释"已"。兼以"何时"释"曷"。又"我思古人,实获我心",《传》云:"古之君子,实得我之心也。"《传》即以"得"释"获"。《谷风》篇"泾以渭浊,湜湜其沚",《传》云:"泾渭相入^②,而清浊异。"《传》即以"清"释"湜"。(《简兮》篇"有力如虎",《传》云:"武力比于虎。"是即以

---

① 原文作"自",今据《毛诗正义》改作"至"。

② 原文作"成",今据《毛诗正义》改作"入"。

"比"释"如"。)《静女》篇"美人之贻^①"，《传》云："美其人能遗我法则。"《传》即以"遗"释"贻"。《鄘风·君子偕老》篇"子之不淑，云如之何"，《传》云："有子若是，何^②谓不善乎？"《传》即以"是"释"之"，"善"释"淑"。《王风·葛藟》篇"终远兄弟"，《传》云："兄弟之道已相远矣。"《传》即以"已"释"终"。(《丘中有麻》篇"贻我佩玖"，《传》云："玖，石次玉者。"不释"贻"字，下云"言能遗我美宝"，是即以"遗"释"贻"。)《郑风·女曰鸡鸣》篇"莫不静好"，《传》云："宾主和乐，无^③不安好。"《传》即以"安"释"静"。《魏风·园有桃》篇"彼人是哉，子曰何其"，《传》云："夫人谓我欲何为乎？"是即以"谓"释"曰"。《豳风·七月》篇"四之日举趾"，《传》云："民无不举足而耕矣。"是即以"足"释"趾"。(《鸱鸮》篇"曰予未有室家"，《传》云："谓我未有室家。"是即以"我"释"予"，兼以"谓"释"曰"。)《东山》篇"其旧如之何"，《传》云："言久长之道也。"是即以"久"释"旧"。《九罭》篇"鸿飞遵渚"，《传》云："鸿^④不宜循渚也。"是即以"循"释"遵"。又"无以我公归兮"，《传》云："无与公归之道也。"《传》即以"与"

---

① 原文作"诒"，今据《毛诗正义》改作"贻"。
② 原文作"可"，今据《毛诗正义》改作"何"。
③ 原文作"莫"，今据《毛诗正义》改作"无"。
④ 原文作"公"，今据《毛诗正义》改作"鸿"。

释"以"。(《小雅·车攻》篇"选徒嚣嚣",《传》云:"维数车徒者为有声也。"是亦以"数"释"选"。)《白驹》篇"逸豫无期",《传》云:"何为逸乐无期以反也。"是即以"乐"释"豫"。《正月》篇"瞻乌爰止,于谁之屋",《传》云:"富人之屋,乌所集也。"是即以"集"释"止"。又"具曰予圣",《传》云:"君臣俱自谓圣也。"是即以"俱"释"具"。又"有菀其特",《传》云:"言朝廷曾无杰臣。"是即以"杰"释"特"。《十月之交》篇"皇父孔圣",《传》云:"皇父甚自谓圣。"是即以"甚"释"孔"。又"亶侯多藏",《传》云:"信维贪淫多藏之人也。"《传》即以"信"释"亶"。兼以"侯"释"维"。(《宾之初筵》篇"宾载手仇",《传》云:"自取其匹而射。"是即以"匹"释"仇"。)又"酌彼康爵",《传》云:"酒所以安体也。"是即以"安"释"康"。(《都人士》篇"绸直如发",《传》云:"密直如发也。"是即以"密"释"绸"。)(《大雅·皇矣》篇"无然歆羡",《传》云:"无是贪羡。"《传》即以"贪"释"歆",兼以"是"释"然"。)《生民》篇"载谋载惟",《传》云:"谷熟而谋,陈祭而卜矣。"《传》即以"陈"释"惟"。《公刘》篇"爰方启行",《传》云:"以方开道路,去之豳。"《传》即以"道"释"行"。兼以"开"释"启"。《荡》篇"俾昼作夜",《传》云:"使昼为夜也。"《传》即以"使"释"俾"。兼以"为"释"作"。《周颂·清庙》篇"执^①文之德",《传》云:"秉文德之人也。""无射于人斯",《传》云:"不见厌于人矣。"《传》即以"厌"释"射"。兼以"不"释"无"。《大雅·思齐》篇"无射亦保",《传》亦云:"保安无厌也。"又"古人之无斁,誉髦斯士",《传》云:"古之人无厌于有名誉之俊士。"

　《鄘风·载驰》篇"陟彼阿丘",《传》云:"偏高曰阿丘。"不释"陟"字,下云:"升至偏高之丘。"是即以"升"释"陟"。《小雅·车攻》篇"选徒嚣嚣",《传》云:"嚣嚣,声也。"不释"选"字,下云:"维数车徒者为有声。"是即以"数"释"选"。《宾之初筵》篇"宾载手仇",《传》云:"手,取也。"不释"仇"字,下云:"宾许诺,自取其匹而射。"是即以"匹"释"仇"。《大雅·皇矣》篇"不长夏以革",《传》云:"革,更也。"不释"夏"字。然下云:"不以长大有所更。"是即以"大"释"夏"^②。《卷阿》篇"矢诗不多",《传》云:"不多,多也。"不释"矢"字。下云:"明王使公卿献诗以陈其志。"是即以"陈"释"矢"。《小雅·北山》篇"或尽瘁事国",《传》云:"尽力劳病,以从国事。"《传》虽不出"瘁"字,实以"劳病"释"瘁"。《大雅·思齐》篇"肆戎疾不殄",《传》云:"肆,故今也。戎,大也。"不释"殄"字,然下云:"故今大疾害人者,不绝之而自绝。"是即以"绝"释

————————

① 原文作"秉",今据《毛诗正义》改作"执"。
② 原文"以释'大夏'",今据文意改作"以'大'释'夏'"。

"殄"。《商颂·烈祖》篇"鬷假无言,时靡有争",《传》云:"鬷,总。假,大也。总大无言无争也。"

《小雅·六月》篇"比物四骊,闲之维则",《传》云:"物,毛物也。则,法也。言先教战,然后用师。"《传》虽不释"闲"字,然下云"教战",即以"闲"字为"闲习"之"闲"。《疏》云:"以言'闲之',是以先闲习,故知先教战,而后用师也。"《大雅·凫鹥》篇"尔酒既多,尔殽既嘉",《传》云:"言酒品齐多而殽备美。"上言"齐",下言"美",以"美"释"嘉"。《鸤鸠》篇"其仪一兮,心如结兮",《传》云:"言执义一则^①用心固。"《小雅·何草不黄》篇"何人不将",《传》云:"言万民无不从役。"《传》云"从役",即系释"将"为"行"。《大雅·抑》篇"靡哲不愚",《传》云:"国有道则知,国无道则愚。"

《邶风·终风》篇"惠然肯来",《传》云:"时有顺心也。"《小雅·无羊》篇"三十维物",《传》云:"异毛色者三十也。"《齐风·载驱》篇"齐子岂弟",《传》云:"言文姜于是乐易然。"《传》即以"乐易"释"岂弟"。《小雅·蓼萧》篇"孔燕岂弟",《传》云:"岂,乐。弟,易也。"《大雅·泂酌》篇"岂弟君子",《传》云:"乐以强教之,易以说安之。"《旱麓》篇"岂弟君子,干禄岂弟",《传》云:"言阴阳和,山薮殖,故^②君子得以干禄乐易。"

---

① 原文作"而",今据《毛诗正义》改作"则"。
② 原文无"故"字,今据《毛诗正义》补之。

《小雅·节南山》篇"勿罔君子",《传》云:"勿罔上而行也。"《正月》篇"视天梦梦",《传》云:"王者为乱,梦梦然。"《四月》篇"匪鳣匪鲔,潜逃于渊",《传》云:"大鱼能逃处渊。"《渐渐之石》篇"月离于毕,俾滂沱矣",《传》云:"月离阴星则雨。"

《豳风·九罭》篇"我觏之子",《传》云:"所以见周公也。"

《秦风·车邻》篇"并坐鼓瑟",《传》云:"又见其礼乐焉。"以"礼"释经"并坐",即以"乐"释经"鼓瑟"。《鲁颂·有駜》篇"夙夜在公,在公饮酒",《传》云:"言^①臣有余敬,而君有余惠。"

《邶风·北风》篇"北风其凉",《传》云:"北风,寒凉之风。"按:北风谓之凉风,见《尔雅·释天》,《传》必并文"寒凉"者,兼以明经文之"凉"为"寒凉"之"凉"也。

《周南·兔罝》篇"椓之丁丁",《传》云:"丁丁,椓杙声也。"按:《传》不释"椓"字,其以"丁丁"为椓杙声也,兼以明经文之"椓"为"椓杙"之"椓"也。《小雅·庭燎》篇"鸾声将将",《传》云:"将将,鸾镳声也。"按:《传》不释"鸾"字,兼以明《蓼萧》传文"在镳曰鸾"之义。

《小雅·鹿鸣》篇"承筐是将",《传》云:"筐,篚属,

---

① 原文作"为",今据《毛诗正义》改作"言"。

所以行币帛也。"按:《传》以"行币帛"释"筐"之用，必云"行"者，兼以释经"将"字。《大雅·皇矣》篇"以尔钩援"，《传》云:"钩，钩梯也，所以钩引上城者。"按:《传》以"钩引上城"释"钩"之用，必云"引"者，兼以释经"援"字。

《邶风·泉水》篇"载脂载辖，还车言迈"，《传》云:"脂辖其车，以还我行也。"《传》即以"我"释"言"，以"行"释"迈"。

《郑风·出其东门》篇"聊乐我员"，《传》云:"愿室家得相乐也。"《桧风·素冠》篇"聊与子同归兮"，《传》云:"愿见有礼之人，与之同归。"《传》即以"愿"释"聊"。

《小雅·湛露》篇"在宗载考"，《传》云:"夜饮必于宗室。"以"于"释"在"。

《小弁》篇"析薪杝矣"①，《传》云:"析薪者随其理。"

《大雅·文王》篇"文王陟降"，《传》云:"言文王升接天，下接人也。"即以"升"释"陟"，"下"释"降"。"天命靡常"，《传》云:"则见天命之无常也。"以"无"释"靡"。

《皇矣》篇"自大伯王季"，《传》云:"从大伯之见王季也。"以"从"释"自"。"自阮徂共"，《传》云:"国有密须氏侵阮，遂往侵共。"以"往"释"徂"。

———————————

① 原文作"折薪杝矣"，今据《毛诗正义》改作"析薪杝矣"。

《下武》篇"不遐有佐"，《传》云："远夷来佐也。"以
"远"释"遐"。

《周颂·执竞》篇"不显成康"，《传》云："不显乎其成
大功而安之也。"《传》即以"安"释"康"。

《大雅·召旻》篇"维今之疚不如兹"，《传》云："今则
病贤也。"以"病"释"疚"。

《公刘》篇"京师之野，于时处处"，《传》云："是京乃
大众所宜居之也。"

《荡》篇"人尚乎由^①行"，《传》云："言居人上，欲用行
是^②道也。"以"用"释"由"。

《周颂·维天之命》篇"曾孙笃之"，《传》云："成王厚
之也。"此据《释文》本，《释文》云："一本作'能厚行之也'。"《疏》本与一
本同，非是。

《大雅·抑》篇"辟尔为德，俾臧俾嘉"，《传》云："女^③
为善，则民为善矣。"

《大雅·公刘》篇"思辑用光"，《传》云："思辑用光，
言民相与和睦，以显于时也。"《周颂·执竞》篇"自彼成
康"，《传》云："自彼成康，用彼成安之道也。"至于《邶
风·击鼓》篇"爰丧其马"，《传》云："有亡其马者。"即以

---

① 原文作"有"，今据《毛诗正义》改作"由"。
② 原文作"此"，今据《毛诗正义》改作"是"。
③ 原文作"尔"，今据《毛诗正义》改作"女"。

"亡"释"丧"。

《周南·桃夭》篇"宜其室家",《传》云:"宜以有室家,无逾时者。"

《豳风·鸱鸮》篇"无毁我室",《传》云:"无能毁我室者,攻坚之故也。"

《大雅·公刘》篇"而无永叹",《传》云:"民无长叹,犹文王之无悔也。"

《小雅·四牡》篇"岂不怀归",《传》云:"思归者,私恩也。"

《邶风·日月》篇"日居月诸",《传》云:"日乎月乎。"

《鄘风·柏舟》篇"母也天只",《传》云:"母也,天也。"

《小雅·巷伯》篇"哆兮侈兮",《传》云:"侈之言是必有因也。"

《大雅·召旻》篇"泉之竭矣,不云自中",《传》云:"泉水从中以益者也。"

《小雅·鹿鸣》篇"君子是则是效",《传》云:"是则是效,言可法效也。"以"法"代"则"。

《周颂·维天之命》篇"维天之命,于穆不已",《传》引孟仲子云:"大哉!天命之无极。"

《小雅·苕之华》篇"人可以食,鲜可以饱",《传》云:"治日少而乱日多。"

《信南山》篇"从以骍牡"，《传》云："周尚赤也。"

《召南·采蘩》篇"被之祁祁，薄言还①归"，《传》云："祁祁，舒迟也②，去事有仪也。"《传》云"去事"即隐据"旋归"为释。

《小雅·杕杜》篇"女心悲止，征夫归止"，《传》云："室家逾时③则思。"《传》云"则思"即隐据"心悲"为释。

《秦风·小戎》篇"在其板屋"，《传》云："西戎板屋。"《传》以经"其"字即指"西戎"。

《豳风·东山》篇"我心西悲"，《传》云："公族有辟，公亲素服，不举乐，为之变，如其伦之丧。"即隐据"心悲"为释。

综释二字仅举一字例

《鄘风·君子偕老》篇"鬒发如云"，《传》云："鬒，黑发也。"综释"鬒发"，仅举"发"字。《秦风·小戎》篇"厹矛鋈镎"，《传》云："厹，三隅矛也。"综释"厹矛"，仅举"厹"字。《疏》云："厹矛，三隅矛，刃有三角。"或所据本作"厹矛"。《陈风·泽陂》篇"彼泽之陂"，《传》云："陂，泽障也。"综释"泽陂"，仅举"陂"字。若仅释"陂"字，应云："陂，障也。"《鲁

---

① 原文作"旋"，今据《毛诗正义》改作"还"。
② 原文作"退"，今据《毛诗正义》改作"迟也"。
③ 原文作"期"，今据《毛诗正义》改作"时"。

颂·泮水》篇"食我桑黮",《传》云:"黮,桑实也。"综释
"桑黮",仅举"黮"字。《商颂·那》篇"依我磬声",《传》
云:"磬,声之清者也。"综释"磬声",仅举"磬"字。《邶
风·旄丘》篇"何诞之节兮",《传》云:"诞,阔也。"《原
本玉篇·言部》引作"诞,阔节也",如彼引,《传》释"阔
节",仅举"阔"字。

传文之例,有综释全句,仅举经文一二字者。如《郑
风·野有蔓草》篇"清扬婉兮",《传》曰:"清扬,眉目之间
婉然美也。"综下"婉兮"为释。《齐风·猗嗟》篇"清扬婉
兮",《传》云:"婉,好眉目也。"综上"清扬"为释。《魏
风·硕鼠》篇"爰得我直",《传》云:"直,得其直道。"综上
"爰得"为释。《秦风·小戎》篇"交韔二弓",《传》云:"交
韔,交二弓于韔中也。"综下"二弓"为释。《小雅·常棣》
篇"兄弟求矣",《传》云①:"求矣②,言求兄弟也。"综上"兄
弟"为释。《大东》篇"百僚是试",《传》云:"是试,用于百
官也。"综上"百僚"为释。《大雅·云汉》篇"父母先祖",
《传》云:"先祖,文、武,为民父母也。"综上"父母"为释。
亦有综释二语,仅举经文二字者。如《郑风·野有蔓草》篇
"邂逅相遇,适我愿兮",《传》云:"邂逅,不期而会,适其时
愿。"盖《传》以"不期"释"邂逅",以"会"释"遇",以

———————————

① 原文无"《传》云",今据文例补之。
② 原文无"求矣",今据《毛诗正义》补之。

"适其时愿"释下语,其仅举"邂逅"二字者,略举经文之例也。陈奂《传疏》不达斯例,遂以今本之《传》为夺文矣。

《郑风·丰》篇"衣锦褧衣,裳锦褧裳",《传》云:"衣锦褧裳,嫁者之服。"

《子衿》篇"青青子衿",《传》云:"青衿,青领也。"

《缁衣》篇"缁衣之宜兮",《传》云:"缁,黑色,卿士听朝之正服也。"《传》以"黑色"释"缁",以"卿士听朝之正服"释"缁衣",因上举"缁"字,下文遂省"缁衣"。

《鲁颂·閟宫》篇"閟宫有侐",《传》云:"閟,闭也。先妣姜嫄之庙,在周常闭而无事。"《传》以"闭"字释"閟",以"先妣姜嫄之庙"二语释"閟宫",因上举"閟"字,下文遂省"閟"字。《传》例,如《大雅·灵台》篇"王在灵沼",《传》云:"沼,池也。灵沼,言灵道行于沼也。"又《绵》篇"乃立冢土",《传》云:"冢,大。"又云:"冢土,大社也。"是《传》于二字联词,先释一字,次复综释二字者,必叠举经文。

《齐风·敝笱》篇首章"其从如云",《传》云:"如云,言盛也。"次章"其从如雨",《传》云:"如雨,言多也。"三章"其从如水",《传》云:"水,喻众也。"

《召南·行露》篇"亦不女从",《传》云:"不从,终不弃礼而随此强暴之男。"《传》释"不女从",省经"女"字。

《大雅·生民》篇"厥初生民,时维姜嫄",《传》云:"姜,姓也。后稷之母,配高辛氏帝焉。"《传》以"姓"释

"姜"，以"后稷之母"结释"姜嫄"。

连举二字仅释一字例

《郑风·清人》篇"二矛重英"，《传》云："重英，矛有英饰也。"释"英"不释"重"。《秦风·小戎》篇"俴驷孔群"，《传》云："俴驷，四介马也。"释"驷"不释"俴"。《曹风·蜉蝣》篇"蜉蝣掘阅"，《传》云："掘阅，容阅也。"释"阅"不释"掘"。《豳风·九罭》篇"衮衣绣裳"，《传》云："衮衣，卷龙也。"释"衮"不释"衣"。《小雅·采菽》篇"玄衮及黼"，《传》云："玄衮，卷龙也。"亦释"衮"不释"玄"。《小雅·六月》篇"白旆央央"，《传》云："白旆，继旐者也。"释"旆"不释"白"。"白"当从《疏》本作"帛"。《绵蛮》篇"止于丘阿"，《传》云："丘阿，曲阿也。"释"阿"不释"丘"。《大雅·桑柔》篇"征以中垢"，《传》云："中垢，言暗冥也。"释"垢"不释"中"。以上各条，均传文仅释下字，其兼举上字者，乃连而及之，非综而释之也。

《秦风·小戎》篇"文茵畅毂"，《传》云："文茵，虎皮也。"仅释上文字，"茵"则连及之词。

《终南》篇"锦衣狐裘"，《传》云："锦衣，采色也。"《疏》本似作"采衣"。仅释上"锦"字，"衣"亦连及之词，与上同例。

《邶风·简兮》篇"硕人俣俣"，《传》云："硕人，大德也。"亦释"硕"不释"人"。

《大雅·桑柔》篇"力民代食",《传》云："力民代食，代无功者食天禄也。"此亦仅释"代食"二字，其兼举经文全句者，欲见"力"即有功也。盖与前例稍异。

《鲁颂·閟宫》篇"贝胄朱綅",《传》云："贝胄，贝饰也。"释"贝"不饰"胄"。

《郑风·山有扶苏》篇"隰有荷华",《传》云："荷华，扶渠也，其华菡萏。"陈奂《传疏》云："《传》以'扶渠'释'荷'字，'华'则连经文而言之。又恐人误以'扶渠'当'华'，故申释之曰：'其华菡萏。'"其说深得传意，盖此条之例，与连举二字仅释一字同，惟增申释之词，与前例别。又《小雅·瞻彼洛矣》篇"韎韐有奭",《传》云："韎韐者，茅蒐染草_{当从《说文》作'韦'也。一入'入'字从《疏》引定本增曰}韎。韐，所以代韠也。"与前例同。盖《传》以"茅蒐染草"释"韎"字，"韐"则连及之词，故复申之曰："韐，所^①以代韠也。"

《郑风·羔^②裘》篇"羔裘如濡",《传》云："如濡，润泽也。"《曹风·蜉蝣》篇"麻衣如雪",《传》云："如雪，言鲜洁。"以上二例，亦仅训释下字。《传》必兼举二字者，所以足经文"如"字之意也。亦与前例稍别。

---

① 原文无"所"字，据前引文改。
② 原文作"膏"，今据《毛诗正义》改作"羔"。

　　《小雅·采菽》篇"邪幅在下",《传》云:"邪幅,逼也,所以自逼束也。"孔《疏》云:"然则邪缠于足谓之邪幅,故《传》辨之云:邪幅正是逼也。"据《疏》说,是传文本作"邪幅,逼也",盖亦释"幅"不释"邪",后人昧于《传》例,因于"幅"上妄删"邪"字矣。○作桢按:今本《传》云:"邪幅,幅,逼也,所以自逼束也。"阮元《校勘记》曰:"应作'邪幅,逼也。逼,所以自逼束也'。"皆误。

　　《小雅·都人士》篇"充耳琇实",《传》云:"琇,美石也。"《疏》引俗本作"琇实,美玉"。按:俗本虽误,然使传文果作"琇实",是亦释"琇"不释"实",于例固不背也。

　　《邶风·燕燕》篇"燕燕于飞",《传》云:"燕燕,鳦也。"《小雅·南有嘉鱼》篇"烝然罩罩",《传》云:"罩罩,篧也。"又"烝然汕汕",《传》云:"汕汕,樔也。"据《尔雅·释器》篇"篧谓之罩,罺谓之汕",又《释鸟》篇"巂周,燕。燕,鳦。"详他卷是"罩""汕"及"燕"均以单语为名。《传》顾并举二字者,亦《传》举二字仅释一字之例也。盖《经》以长言成意,传文因之,非以二字并为物名也。

　　《豳风·七月》篇"一之日觱发",《传》云:"一之日,十之余也。一之日,周正月也。"传文两释"一之日",实则上传仅释"一"字,不释"之日",明此"一"字为"十之余"也。

　　《豳风·七月》篇"以介眉寿",《传》云:"眉寿,豪眉也。"《小雅·南山有台》篇"遐不眉寿",《传》云:"眉寿,秀眉也。"

《小雅·采薇》篇"象弭鱼服",《传》云:"象弭,弓反末也,所以解纷①也。鱼服,鱼皮也。"按:《传》举"象弭",释"弭"不释"象";《传》举"鱼服",释"鱼"不释"服"。

《召南·采蘩》篇"公侯之事",《传》云:"之事,祭事也。"《小雅·十月之交》篇,《传》云:"之交,日月之交会。"《大雅·韩奕》篇"韩侯顾之",《传》云:"顾之,曲顾道义。"按:《传》释经字,于本字上下各"之"字例不连举。又《齐风·东方之日》篇"彼姝者子",《传》云:"姝者,初昏之貌。"《传》例于经文本字上下各"者"字亦不连举。

传文之例,又有举经全句而仅释一二字者。如《嵩高》篇"文武是宪",《传》云:"文武是宪,言有文有武也。"释经"文武",不释"是宪"。《鲁颂·闷宫》篇"上帝是依",《传》云:"上帝是依,依其子孙也。"释经"是依",不释"上帝"。

《小雅·十月之交》篇"择三有事",《传》云:"择三有事,有司国之三卿。"释经"三有事",不释"择"字。

《豳风·鸱鸮》篇"予手拮据",《传》云:"拮据,撠挶也。"又云:"手病,口病,故能免于大鸟之难。"《说文》:"据,戟挶也。""拮,手、口②共有所作也。"

---

① 原文作"维",今据《毛诗正义》改作"纷"。
② 原文作"口、手",今据《说文解字》改作"手、口"。

《大雅·生民》篇"取羝以軷"，《传》云："羝羊，牡羊也。"

二字联词分释合释例

《传》例于经文二字联词而义各别者，或合举经文，次复分释。如《大雅·民劳》篇"无纵诡随"，《传》云："诡随，诡人之善，随人之恶者也。"《荡》篇"曾是强御"，《传》云："强御，强梁御善也。"是其例。亦有《传》中增益"而"字，以别二义者。如《大雅·卷阿》篇"伴奂尔游矣"，《传》云："伴奂，广大有文章也。"《疏》云："《传》之此言，以二字分而为义，盖'伴'为广大，'奂'为文章。"是即分释"伴奂"之词。《荡》篇"曾是掊克"，《传》云："掊克，自伐而好胜人也。"《疏》："云'自伐'解'掊'，'好胜'解'克'。"是即分释"掊克"之词。亦与前例无别。其有分举经文字各为释者，如《召南·何彼襛矣》篇"曷不肃雝"，《传》云：《周颂·清庙》篇"肃雝显相"，传同。"肃，敬。雝，和。"《邶风·燕燕》篇"其心塞渊"，《传》云："塞，瘱。渊，深。"《新台》篇"燕婉之求"，《传》云："燕，安。婉，顺。"《小雅·天保》篇"吉蠲为饎"，《传》云："吉，善。蠲，洁①。"《蓼萧》篇"孔燕岂弟"，《传》云："岂，乐。弟，易。"《四月》篇"乱离瘼矣"，《传》云："离，忧。瘼，病。"

---

① 原文作"素"，今据《毛诗正义》改作"洁"。

《北山》篇"或不知叫号",《传》云:"叫,呼。号,召。"《大雅·文王》篇"殷士肤敏",《传》云:"肤,美。敏,疾。"《板》篇"及尔游衍",《传》云:"游,行。衍,溢。"又如《皇矣》篇"无然畔援",《传》云:"无是畔道,无是援取。"《荡》篇"疾威上帝",《传》云:"疾病人矣,威罪人矣。"《周颂·时迈》篇"明昭有周",《传》云:"明矣知未然也,昭然不疑也。"其例亦同。

《传》于经文二字联词,有以一义并释二字者例,以状词之属为恒。如《召南·甘棠》篇"蔽芾甘棠",《传》云:"蔽芾,小貌。"《行露》篇"厌浥行露",《传》云:"厌浥,湿意。"《邶风·凯风》篇"睍睆黄鸟",《传》云:"睍睆,好貌。"《陈风·月出》篇"舒窈纠兮",《传》云:"窈纠,舒之姿也。"《小雅·巧言》篇"荏染柔木",《传》云:"荏染,柔意。"《采菽》篇"觱沸槛泉",《传》云:"觱沸,泉出貌。"《绵蛮》篇"绵蛮黄鸟",《传》云:"绵蛮,小鸟貌。"《小雅·北山》篇"或王事鞅掌",《传》云:"鞅掌,失容^①也。"《车舝》篇"间关车之舝兮",《传》云:"间关,设舝也。"《大雅·民劳》篇"以谨惽怓^②",《传》云:"惽怓,大乱也。"《板》篇"民之方殿屎",《传》云:"殿屎,呻吟也。"又"无敢驰驱",《传》云:"驰驱,自恣也。"其例亦同。

---

① 原文作"意",今据《毛诗正义》改作"容"。
② 原文作"呶",今据《毛诗正义》改作"怓"。

其以一言并释二字者，如《周南·卷耳》篇"我马虺
隤"，《传》云："虺隤，病也。"下章"我马玄黄"，《传》云："玄马病
则黄。"陈奂《疏》谓当作"马病则玄黄"，此亦以"病"字并释"玄黄"也。
《秦①风·权舆》篇"于②嗟乎！不承权舆"，《传》云："权舆，
始也。"《陈风·东门之枌》篇"婆③娑其下"，《传》云："婆
娑，舞也。"《周颂·敬之》篇"佛时仔肩"，《传》云："仔肩，
克也。"《商颂·长发》篇"实左右商王"，《传》云："左右，
助也。"亦为正例。

又有《传》言虽繁，实以一言释二字者，如《召南·野
有死麕》篇"白茅纯束"，《传》云："纯束，犹包之也。"《邶
风·旄丘》篇"狐裘蒙戎"，《传》云："蒙戎，以言乱也。"是
其例。

《豳风·七月》篇"女心伤悲"，《传》云："伤悲，感事
苦也。春，女悲，秋，士悲，感其④物化也。"《传》以"感事
苦"并释"伤悲"二字。下传举"悲"不举"伤"，此变例。
《大雅·荡》篇"颠沛之揭"，《传》云："颠，仆。沛，拔也。"

《周颂·昊天有成命》篇"夙夜基命宥密"，《传》云：
"基，始。命，信。宥，宽。密，宁也。"《商颂·玄鸟》篇

---

① 原文作"陈"，今据《毛诗正义》改作"秦"。

② 原文作"吁"，今据《毛诗正义》改作"于"。

③ 原文作"娑"，今据《毛诗正义》改作"婆"。

④ 原文无"其"字，今据《毛诗正义》补之。

"景员维河"，《传》云："景，大。员，均。"《长发》篇"为下国骏厖"，《传》云："骏，大。厖，厚。"

《豳风·东山》篇"町疃鹿场"，《传》云："町疃，鹿迹也。"

《小雅·四牡》篇"周道倭迟"，《传》云："倭迟，历远之貌。"

（《邶风·终风》篇"谑浪笑敖"，《传》云："言戏谑不敬。"据《尔雅·释诂》："谑浪笑敖，戏谑也。"知《传》云"戏谑不敬"综释经文四字，非仅释"谑"字也。）

二字联词同义仅释一字例

《邶风·燕燕》篇"瞻望弗及"，《传》云："瞻，视也。"按："望"义亦与"视"同，《传》以"望"义易晓，因仅释"瞻"。《王风·中谷有蓷》篇"有女仳离"，《传》云："仳，别也。"按："离"义亦与"别"同，《传》以"离"义易晓，因仅释"仳"。《小雅·斯干》篇"似续妣祖"，《传》云："似，嗣也。"按："续"义亦与"嗣"同，《传》以"续"①义易晓，因仅释"似"。《杕杜》篇"继嗣我日"，《笺》："嗣，续也。"《采绿》篇"予发曲局"，《传》云："局，卷也。"按："曲"义亦与"卷"同，《小雅·正月》篇"不敢不局"，《传》云："局，曲②也。"《大雅·卷阿》

---

① 原文作"嗣"，今据文意改作"续"。
② 原文作"卷"，今据《毛诗正义》改作"曲"。

篇"有卷者阿",《传》云:"卷,曲也。"《传》以"曲"义易晓,因仅释"局"。此一例也。《沔水》篇"不可弭忘",《传》云:"弭,止也。"按:"忘"义亦与"弭"近,《传》以"忘"义易晓,因仅释"弭"。《正月》篇"哀此惸独",《传》云:"独,单也。"按:"惸"义亦与"独"近。《小雅·祈父》篇"靡所厎①止",《传》云:"厎,至也。"按:"止"义亦与"至"同。故《大雅·抑》篇"淑慎尔止",《鲁颂·泮水》篇"鲁侯戾止",《传》并训"止"为"至",本传以"止"义互见下传,因仅释"厎"。《小雅·宾之初筵》篇"锡尔纯嘏",《传》云:"嘏,大也。"按:"纯"义亦与"大"同,故《周颂·维天之命》篇"文王之德之纯",《传》云:"纯,大。"本传以"纯"义互见,下传因仅释"嘏"。《大雅·卷阿》篇"纯嘏尔常矣",《传》亦释为"大",不释"纯"字。此一例也。《小雅·都人士》篇"谓之尹吉",《传》云:"尹,正也。"不释"吉"字。《疏》引王肃说:"正而吉也。"说固可通,据《小雅·六月》篇"四牡既佶",《传》云:"佶,正。"或此"吉"即"佶"假,与"尹"同义,《传》以"佶"义见前,故不复释。

凡经文平列成句者,平列之字抑或同义。传文之例,有并释二字者,亦有仅释一字者。如《大雅·江汉》篇"来旬来宣",《传》云:"旬,遍也。"不释"宣"字。据《公刘》篇

---

① 原文作"底",今据《毛诗故训传》改作"厎"。

"既顺乃宣"，《传》云："宣，遍也。"盖《传》以"旬""宣"同义，"宣"义见上，因仅释"旬"，亦与上例互明者也。

《传》例于二字联词同义，二字平列同义者，或以下字释上字，如《王风·中谷有蓷》篇"遇人之艰难矣"，《传》云："艰，亦难也。"是其例。或以上字释下字，如《唐风·山有枢》篇"弗曳弗娄"，《传》云："娄，亦曳也。"是其例。是二例者，均以增益"亦"①字为恒。惟《小雅·天保》篇"俾尔单厚"，《传》云："或曰：单，厚也。"亦以下字释上字，因属或说，遂省"亦"字。然其为例不异也。

《周南·关雎》篇"寤寐思服"，《传》云："服，思之也。"

《王风·黍离》篇"行迈靡靡"，《传》云："迈，行也。"与《秦风·驷驖》篇"奉时辰牡"，《传》云"辰，时也"同。

《商颂·玄鸟》篇"正域彼四方，方命厥后，奄有九有"，《传》云："域，有也。九有，九州也。"

《大雅·桑柔》篇"靡所止疑"，《传》云："疑，定也。"《小雅·雨无正》篇"靡所止戾"，《传》云："戾，定也。""止"义亦与"定"近。《邶风·日月》篇"胡能有定"，《传》云："定，止也。"

《大雅·绵》篇"虞芮质厥成"，《传》云："质，成也。

---

① 原文作"并"，今据文意改作"亦"。

成，平也。"

《江汉》篇"肇敏戎公"，《传》云："肇，谋。敏，疾。"
《尔雅·释言》："肇，敏也。"

《云汉》篇"饥馑荐臻"，《传》云："荐，重。臻，至
也。"《尔雅·释诂》："荐，臻也。"

《豳风·七月》篇"殆及公子同归"，《传》云："殆，始。
及，与也。"〇作桢按：此处或有引《尔雅》之语。

二字同章同义仅释一字例

《邶风·击鼓》篇"于嗟阔兮，不我活兮。于嗟洵兮，不
我信兮"，《传》云："洵，远。信，极也。"不释"阔"字。
陈奂《疏》云："《尔雅》'阔，远也'，'洵'训为'远'，则
'阔'之为'远'不训，其说甚确。"《笺》以"离散相远"为释，即
补传意。

《小雅·巧言》篇"乱庶遄沮①"，《传》云："沮，止也。"
下文"乱庶遄已"，"已"亦训"止"，而《传》无释。《邶
风·绿衣》传，《秦风·兼葭》传，均释"已"为"止"。

《卫风·考槃》篇首章"硕人之宽"，传文不释"宽"字。
次章"硕人之薖"，《传》云："薖，宽大貌。"明上"宽"字义
亦相同。

———————————

① 原文作"止"，今据《毛诗正义》改作"沮"。

《小雅·蓼莪》篇"父兮生我，母兮鞠我。拊我畜我，长我育我"，《传》云："鞠，养。"陈奂《疏》云："《传》'鞠'谓'养'，则'拊''畜''长''育'皆'养'也。"

《邶风·新台》篇次章"籧篨不殄"，《传》云："殄，绝也。"首章"籧篨不鲜"，《传》不释"鲜"。《疏》云："推此，则首章'鲜'为'少'，《传》不言耳，故王肃亦为'少'也。"

《北门》篇次章"政事一埤遗我"，《传》云："遗，加也。"首章"政事一埤益我"，《传》不释"益"，明"益"亦"加"义。

《卫风·氓》篇"女也不爽，士贰其行"，《传》云："爽，差也。"不释"贰"字。

《大雅·皇矣》篇"上帝耆之，憎其式廓"，《传》云："耆，老①也。"不释"憎"字。

《邶风·绿衣》篇首章"曷维其已②"，《传》以"何时能止"为释；次章"曷维其亡③"，传文无释。

《大雅·绵》篇"捄之陾陾，度之薨薨"，《传》云："捄，虆也。陾陾，众也。度，居也。言百姓之劝勉也。"按：《传》以"陾陾"为"众"，"薨薨"亦为"众"义，《周南·螽斯》篇

---

① 原文作"恶"，今据《毛诗正义》改作"老"。
② 原文作"己"，今据《毛诗正义》改作"已"。
③ 原文作"己"，今据《毛诗正义》改作"亡"。

"薨薨兮"，《传》云："薨薨，众多也。"固不待释。《小笺》于"言"上增"薨薨"二字，大非。

经文上下同字，传诂见下例

《召南·采蘩》篇"于以采蘩，于沼于沚"，《传》云："蘩，皤蒿也。于，於。沼，池。沚，渚也。"《传》明训"于"为"於"，据下"于沼于沚"言，不晐上文"于以"之"于"为训也。《邶风·燕燕》篇"之子于归，远送于野"，《传》云："远送，过礼。于，於也。"亦据下"于野"之"于"言。互详上卷《邶风·式微》篇"式微式微，胡不归"，《传》云："式，用也。"又"微君之故"，《传》云："微，无也。"《传》明训"微"为"无"，据下"微君之故"言，不晐上文"式微"之"微"为训也。《疏》引《左传》服注云："言君用中国之道微。"即上"微"字之古训。《小雅·鹿鸣》篇"嘉宾式燕以敖"，《传》云："敖，游也。"又"以燕乐嘉宾之心"，《传》云："燕，安也。"《传》明训"燕"为"安"，据下"燕乐"之"燕"言，不晐上文"式燕"之"燕"为训也。上"燕"字乃燕礼之燕，《序》言"燕群臣嘉宾"是也，故《传》不释。《大雅·灵台》篇"经始灵台，经之营之"，《传》云："神之精明者称灵，四方而高曰台。经，度之也。"《传》明训"经"为"度"，据下"经营"之"经"言，不晐上文"经始"之"经"为训也。《笺》释上"经始"为"度始"，疑误。马瑞辰《传笺通释》云："《尔雅·释诂》'营，始也'，《释言》'营，经也'，'经''始'同义，犹言经起。又如《书》言初营。"
其说是也。《小雅·小旻》篇首章"谋犹回遹"、次章"我视谋
犹"，传文不释"犹"字。三章"不我告犹"，《传》云："犹，
道也。"《传》明训"犹"为"道"，据下"告犹"之"犹"
言，不晐上两章"谋犹"之"犹"为训也。上"犹"字与"谋"
同，《传》亦训"犹"。又四章"哀哉为犹，匪先民是程，匪大犹是
经"，《传》云："程，法。经，常。犹，道。"亦明释"犹"为
"道"，据"大犹"之"犹"言，不晐上"为犹"之"犹"为
训也。上"犹"亦训同。

《周南·芣苢》篇"采采芣苢，薄言采之"，《传》云：
"采采，非一辞也。芣苢，马舄。马舄，车前也，宜怀任焉。
薄，辞也。采，取也。"《传》明"采"字之"采"与"采采"
不同。

《大雅·皇矣》篇"爰整其旅，以按徂旅"，《传》云：
"旅，师。按，止也。旅，地名也。"《下武》篇首章"下武维
周"，《传》云："武，继①也。"五章"绳其祖武"，《传》云：
"武，迹也。"

《豳风·东山》首章"烝在桑野"，《传》云："烝，寡
也。"三章"烝在栗薪"，《传》云："烝，众也。"《大雅·民
劳》篇"汔可小休"，《传》云："休，定。"下文"以为王休"，

---

① 原文作"绳"，今据《毛诗正义》改作"继"。

《传》云："休，美。"《板》篇"为犹不远"，《传》云："犹，道。"下文"犹之未远"，《传》云："犹，图。"

《鄘风·君子偕老》篇"扬且之晳也"，《传》云："扬，眉上广。"下章"扬且之颜也"，《传》云："扬，广扬而颜角丰满。"《召旻》篇"草不溃茂"，《传》云："溃，遂也。"下文"无不溃止"，《传》不释"溃"者，以前章"溃溃回通"，《传》云："溃溃，乱也。""溃止"之"溃"与"溃溃"同，其义易晓，故不释也。

《鲁颂·有驳》篇首章"夙夜在公，在公明明"，《传》无释。次章"夙夜在公，在公饮酒"，《传》云："言臣有余敬，而君有余惠也。"《郑风·大叔于田》首章"乘乘马"，毛氏无传；次章"乘乘黄"，《传》云："四马皆黄。"

《郑风·清人》篇首章"二矛重英"，《传》云："矛有英饰也。"不释"重"字。次章"二矛重乔"，《传》云："重乔，累荷也。"乃以"累"义释"重"。又如《齐风·敝笱》篇首章"其鱼鲂鳏"，《传》云："鳏，大鱼。"不释"鲂"字。次章"鲂屿"，《传》云："鲂屿，大鱼。"兼释"鲂"字。王引之谓首章《传》"鳏"上挽"鲂"字，是也。

《鲁颂·闵宫》篇"俾尔寿而臧，保彼东方，鲁邦是尝。不亏不崩，不震不腾，三寿作朋"，《传》云："震，动也。腾，乘也。寿，考也。"

《邶风·绿衣》首章"绿兮衣兮，绿衣黄里"，《传》不释

"衣"；次章"绿衣黄裳"，《传》云："上曰衣，下曰裳。"

《唐风·椒聊》篇首章"椒聊且，远条且"，次章文同。首章，《传》云："条，长也。"次章，《传》云："言声之远闻也。"陈奂《疏》云："《传》云'言声之远闻也'案此六字，当本在'条，长也'之上，后人误夺，乃附于篇末。凡上下章同辞，《传》必统释于上章……不分释也。"其说是也。首章，《笺》云："椒之气，日益远长。"即申传意。据《笺》说，传文"声"当作"馨"，当从之。

《邶风·谷风》篇"中心有违"，《传》云："违，离也。"上章"德音莫违"，《传》不释"违"。《小雅·我行其野》篇"言归斯复"，《传》云："复，反也。"上章"复我邦家"，《传》不释"复"。

《周颂·小毖》篇"予又集于蓼"，《传》云："予，我也。"上文"予其惩"及"莫予荓蜂"，《传》不释"予"。

《商颂·殷武》篇"天命多辟，设都于禹之绩。岁事来辟，勿予祸适"，《传》云："辟，君。适，过也。"《释文》云："多辟，音璧，下同。《注》放此。王音辟，邪也。""王"意盖以"岁事来辟"，"辟"训"君"，与上来"王"同。"天命多辟"，与《大雅·荡》篇"疾威上帝，其命多辟"同，别训"邪"。《荡》篇"下民之辟"，《传》云："辟，君。""其命多辟"，传文无释也。

《小雅·楚茨》篇"先祖是皇"，《传》云："皇，大。"下章"皇尸载起"，《传》云："皇，大也。"《商颂·烈祖》篇

"甂假无言"，《传》云："假，大也。"下文"以假以享""来假来飨"，《传》云："假，大也。"○作桢按："甂假""以假"之"假"，《传》均云"大也"。"来假"之"假"，《传》无释，郑云："升也。"王云："至也。"

《大雅·生民》篇"诞弥厥月""诞置之隘巷"，《传》并云："诞①，大也。"

《邶风·终风》篇"终风且曀，不日有曀"，《传》云："阴而风曰曀②"。易晓。"曀曀其阴"，《传》云："如常阴，曀曀然。"

《周南·葛覃》篇"言告言归"，《传》云："妇人谓嫁曰归。"明言"归"为将嫁之归。下文"归宁父母"，《传》云："宁，安也。父母在，则有时归宁。"自以"归宁"连读，明即《左氏传》之"归宁"。

《豳风·东山》篇"敦彼独宿"，《传》无释。又"有敦瓜苦"，《传》云："敦，犹专专也。"《小雅·大田》篇"彼有遗秉"，《传》云："秉，把也。"上文"秉畀炎火"无释。

《周颂·执竞》篇"威仪反反，既醉既饱，福禄来反"，《传》云："反反，难也。反，复也。"

《雍》篇"相维辟公"，《传》云："相，助。"下文"相于肆祀"，不训。

---

① 原文无"诞"字，今据《毛诗正义》补之。
② 原文无"曰曀"，今据《毛诗正义》补之。

　　《大雅·旱麓》篇"瑟彼玉瓒"，《释文》又作"璱"。不释"瑟"字。《说文》："璱，玉英华，相带如瑟弦。""瑟彼柞棫"，《传》："瑟，众貌。"

跋

申叔先生此稿，客腊经人誊清后，由作桢校对，发见未写之字颇多。因原稿间有字细密而过于行草者，缮写生无从认识，遂致抛弃。作桢商之友渔兄，另雇人查明注疏补写。经一月余，仍退回未补。作桢乃屏绝杂务，自行查补，半月而毕。全书约三万五千余言，计原清稿二万四千三百六十八字，作桢补写九千六百六十一字，专算补整段整句之数。其补原清稿《风》《雅》《颂》名及散字、改正讹字对已清之稿，以正讹为费事。尚不在内。综合比较，是原清稿因难于认识而未写者，约近三分半之一。即三千五百字内，只誊清二千五百字，未写者有一千之多。以外，则作桢僭增五百七十七字合之补《风》《雅》《颂》名及散字，即全书字数。又加按语若干条。今为使读者便利起见，谨将校写情形略言之。此稿除细认原字补缮外，其他则分三种：一为不能擅增者，一为不须增而后人可了然者，一为万不能不增者。一书之内，有此三种。篇有阙文，先生意旨如何？后学无从臆揣，固当搁笔。即明知为应作何语，而以鄙语补雅训，亦嫌其杂糅只宜用按语。此所谓不能擅增也。若另作一书补于后，又当别论。全书三十一例，每有前数段加解释，后则仅举经文及传语。然读者即可据前之解释以例其后，举一反三，孔有明训。此所谓不须增者也。此稿偶有仅标数字于篇目下，或稿之上端，或篇末，或每行之旁，缮写者以为不成片段，举而弃之。然经作桢绁绎，均可使之粲然成文。例如"同文异义篇"，原稿仅标"季女、召南、曹风"六字。今考《召南·采蘋》篇"有齐季女"，《传》云："季，少也。少女，微主也。"《曹风·候人》篇"季女斯饥"，《传》云："季，人之少子也。女，民之弱者。"恰是同文异义。此明为先生一时忘写，可考经文、传语而知之者。若削而不录，岂不可惜！又如同篇仅标"燔炙、楚茨、瓠叶"六字，"异文同义篇"仅标"终朝崇朝"四字，均同上例。至于写明篇名及经文全语，而未引《传》者，例如"似奇实偶"篇"秩秩斯干，幽幽南山"，《传》云："干，涧也。""涧"正对"山"。若不增传，阅者无从知为"似奇实偶"也。亦有经文四句只写二句者，例如同篇引《桑柔》"好是稼穑，力民代食"，而漏"稼穑维宝，代食维好"；经文二句只写一句者，例如同篇引《大田》"有渰萋萋"，而漏"兴雨祈祈①"。若不增经文及传语，阅者亦无从知为"似奇实偶"也。

又有一引《传》而一则阙者，例如"同文异义"篇"不遐有佐"，《传》云："远夷来佐也。"《抑》篇"不遐有愆"，不录《传》，然《传》云："遐，远也……是于正道不远，有罪过乎？"增之，则"同文异义"之旨昭晰矣。

"异文同义"篇原清稿人对此篇全未写，纯由作桢查补。"君子好

---

① 原文作"祁祁"，今据《毛诗正义》改作"祈祈"。

述",引《传》训"述"为"匹"①。《兔罝》篇"公侯好仇",不引《传》,然两处《笺》皆云:"怨耦曰仇。""好述",《笺》并云:"《兔罝》诗放此,述亦作仇。"增之,则"异文同义"之旨昭晰矣。以上皆不得以举一反三为说。若仅照原稿写,岂不令学子如坠五里雾中乎?

此外,有必增解释而文气始足者。例如"举此见彼"篇引《曹风·候人》二章《毛传》,而三章无类推之语。"诂词省举经文"篇,上下皆云"不叠某字",而"长子维行"条忽无之。"以正字释经文假字"篇,上下皆云"明经某即某假",而"葵、回、光"三字忽无之。《鸿雁》篇以后另为一大段,则可有可无。此虽无关宏旨,文气总觉隔阂。作桢则就上下语推写,以期一贯。并用正中小字,以别于先生原文焉。

稿中讹字,有属于篇名及经文者,一经比对,显系偶尔误写,若必逐条注明,反嫌琐屑,故改正之字虽有多处,而正文下恒不加以按语。

先生此著,系随得随录,所引《风》《雅》《颂》不按次序,甚有一半未写明某风、某雅、某颂者。作桢既查诗补足,而援引先后则不必更动,以免纷扰其先后亦间有意义。惟"训词以上增益谓字"篇末叶密行,原清稿人全行抛弃,作桢见其字既多,遂按《风》《雅》《颂》分写,篇名仍不分先后。惟《风》

---

① 原文作"训为'好匹'",今据《毛诗正义》改作"训'述'为'匹'"。

不混入《雅》,《雅》不混入《颂》。《国风》又按国名次序。计此一篇,已补写二千三百零七字。此虽与原稿位置有异,原稿间有经文上句在后,下句反在前者,例如"清酒既载,骍牡既备。以享以祀,以介景福",下二句稿反在前,上二句稿在较后,此正可于补写时,更定其次序。然足给予阅者以便利,且免《风》《雅》《颂》等字每条冠首之烦。原稿引《传》,或仅著"《传》云",或简称"毛",或并称"《毛传》"。引《笺》或仅著"《笺》云",或简称"郑",或并称"郑《笺》",今均改为"《传》云""《笺》云",以归一律。余详各篇按语中。

古谓校勘如扫落叶,岂敢自谓无误,尚祈博雅君子教而正之。

民国二十四年(1935)四月二日

开县彭作桢识于北平宣内油房胡同廿七号寓所

《毛诗》词例举要（略本）

仪征刘师培申叔著

易卫华　整理

倒文例

《邶风·日月》篇"逝不相好"，《传》云："不及我以相好。"首章"逝不古处"，《传》云："逝，逮。古，故也。"

《大雅·文王》篇"永言配命"，《传》云："永，长。言，我也。我长配天命而行。"

《大雅·生民》篇"以归肇祀"，《传》云："始归郊祀也。"

《鄘风·君子偕老》篇"子之不淑，云如之何"，《传》云："有子若是，可谓不善乎？"

《魏风·园有桃》篇"彼人是哉，子曰何其"，《传》云："夫人谓我欲何为乎？"

《大雅·云汉》篇"靡人不周，无不能止"，《传》云："周，救也。无不能止，言无止不能也。"

《邶风·终风》篇"莫往莫来"，《传》云："人无子道以来事己，己亦不得以母道往加之。"

《小雅·四月》篇"六月徂暑"，《传》云："徂，往也。六月，火星中，暑盛而往矣。"

错序例

《桧风·羔裘》篇"羔裘如膏,日出有曜",《传》云:"日出照曜,然后见其如膏。"

《小雅·巧言》篇"乱之初生,僭始既涵。乱之又生,君子信谗",《传》云:"僭,数。涵,容也。"《疏》引王肃云:"乱之初生,谗人数缘事始自入,尽得容。其谗言有渐也①。"

《大雅·云汉》篇"胡不相畏,先祖于摧",《传》云:"摧,至也。"《疏》云:"先祖之文宜在'胡不'之上,但下之与'于摧'共句。"

《齐风·猗嗟》篇"猗嗟名兮,美目清兮",《传》云:"目上为名,目下为清。"

《鲁颂·閟宫》篇"朱英绿縢,二矛重弓",《传》云:"朱英,矛饰也。縢,绳也。"

又按:《豳风·七月》篇"七月在野,八月在宇,九月在户,十月蟋蟀入我床下",郑《笺》云:"自'七月在野'至'十月入我床下',皆谓蟋蟀也。"此亦倒序例。

省文例

《邶风·绿衣》篇"心之忧矣,曷维其已",《传》云:

———————————

① 原文无"有渐也",今据《毛诗正义》补之。

"忧虽欲自止，何时能止也？"

《鲁颂·有驳》篇"自今以始，岁其有"，《传》云："岁其有，丰年也。"

《王风·丘中有麻》篇"将其来食"，《传》云："子国复来，我乃得食。"

《小雅·节南山》篇"无小人殆"，《传》云："无以小人之言，至于危殆也。"《小雅·楚茨》篇"笑语卒获"，《传》云："获，得时也。"

《齐风·南山》篇"必告父母"，《传》云："必告父母庙。"

互词见意例

《周南·关雎》篇"琴瑟友之"，《传》云："宜以琴瑟友乐之。"下章"钟鼓乐之"。

《王风·丘中有麻》篇"丘中有麻，彼留子嗟"，《传》云："丘中墝埆之处，尽有麻、麦、草、木，乃彼子嗟之所治。"次章"丘中有麦"，三章"丘中有李"。

互省例

《小雅·采芑》篇"钲人伐鼓"，《传》云："伐，击也。钲以静之，鼓以动之。"《笺》云："钲也，鼓也，各有人焉。言钲人伐鼓，互言尔。"

《小雅·楚茨》篇"楚楚者茨，言抽其棘"，《传》云："楚楚，茨棘貌。抽，除也。"《笺》云："茨言楚楚，棘言抽，互辞也。"

反词若正例

《小雅·鹤鸣》篇"乐彼之园，爰有树檀①，其下维萚"，《传》云："何乐于彼园之观乎？萚，落也。尚有树檀而下其萚。"

《小雅·白驹》篇"尔公尔侯，逸豫无期"，《传》云："尔公尔侯邪？何为逸乐无期以反也？"

《郑风·扬之水》篇"扬之水，不流束楚"，《传》云："激扬之水，可谓不能流漂束楚乎？"

《大雅·思齐》篇"肆戎疾不殄"，《传》云："故今大疾害人者，不绝之而自绝也。"亦省"乎"字例。

上下文同义异例

《召南·采蘩》篇"于以采蘩，于沼于沚"，《传》云："蘩，皤蒿也。于，於。沼，池。沚，渚也。"《传》明上"于"字不训"於"。

《大雅·皇矣》篇"爰整其旅，以按②徂旅"，《传》云："旅，师。遏，止。旅，地名也。"

---

① 原文无"爰有树檀"，今据《毛诗正义》补之。
② 原文作"遏"，今据《毛诗正义》改作"按"。

《齐风·猗嗟》篇"抑若扬兮",《传》云:"抑,美色。扬,广扬。"又"美目扬兮",《传》云:"好目扬眉。"

《豳风·东山》篇"烝在桑野",《传》云:"烝,寘也。"又下章"烝在栗薪",《传》云:"烝,众也。"

《召南·殷其雷》篇"何斯违斯,莫敢或遑",《传》云:"何此君子也。斯,此。违,去。遑,暇也。"

《周南·卷耳》篇"采采卷耳",《传》云:"采采,事采之也。"

上下文异义同例

《邶风·匏有苦叶》篇"招招舟子,人涉卬[①]否,卬须我友",《传》云:"卬,我也。"

《大雅·大明》篇"缵女维莘,长子维行",《传》云:"长子,长女也。"

《小雅·杕杜》篇"会言近止,征夫迩止",《传》云:"迩,近也。"

《大雅·抑》篇"谨尔侯度,用戒不虞",《传》云:"不虞,非度也。"

《周南·关雎》篇"参差荇菜,左右流之。窈窕淑女,寤寐求之",《传》云:"流,求也。"

---

① 原文作"卭",今据《毛诗正义》改作"卬"。

《小雅·巧言》篇"君子如怒，乱庶遄沮。君子如祉，乱庶遄已"，《传》云："沮，止也。"

又按:《毛诗》文异义同，尚有三例。《大雅·卷阿》篇"亦集爰止"，《板》篇"不实于亶"，《传》云："亶，诚也。"《桑柔》篇"云徂何往"，均以同义之字，上下异文，其例一。《小雅·小弁》篇"何辜于天，我罪伊何"，《頍弁》篇"岂伊异人，兄弟匪他"，均上下二句同义，其例二。《王风·中谷有蓷》篇"遇人之艰难矣"，《传》云："艰，亦难也。"《魏风·汾沮洳》篇"殊异乎公路"，均叠用同义之字，其例三。

虚词同字异义例以二句对文、同句并文二例为限。此与文平义侧例互明。

《小雅·无羊》篇"众维鱼矣，实维丰年。旐维旟矣，室家溱溱"，《传》云："阴阳和则鱼众多矣。溱溱，众也。旐、旟，所以聚众也。"

《大雅·皇矣》篇"不大声以色，不长夏以革"，《传》云："不大声见于色。革，更也。不以长大有所更。"

《小雅·吉日》篇"既伯既祷"，《传》云："伯，马祖也。重物慎微，将用马力①，必先为之祷其祖。祷，祷获也。"

《小雅·节南山》篇"式夷式已"，《传》云："式，用。

————————————

① 原文无"将用马力"，今据《毛诗正义》补之。

夷，平也。用平则已。"

《大雅·卷阿》篇"有冯有翼"，《传》云："道可冯依，以为辅翼也。"

《小雅·信南山》篇"是剥是菹"，《传》云："剥瓜为菹也。"

《大雅·常武》篇"匪绍匪游"，《传》云："不敢继以敖游也。"

又按：《周颂·维天之命①》篇"文王之德之纯"，《传》云："纯，大。"两"之"并列，亦文平义侧。

又按：《小雅·常棣》篇"是究是图"，《传》云："究，深。图，谋。"《周颂·我将》篇"我将我享"，《传》云："将，大。享，献也。"下字均为句中间字，与《小雅·伐木》篇"神之听之"上"之"字例同。此与间词例互明。

虚词异字同义例以同句并文为限

《邶风·日月》篇"日居月诸，照临下土"，《传》云："日乎，月乎，照临之也。"

《鄘风·柏舟》篇"母也天只，不谅人只"，《传》云："母也，天也，尚不信我。"

《召南·何彼襛矣》篇"维丝伊缗"，《传》云："伊，维。

---

① 原文作"维清"，今据《毛诗正义》改作"维天之命"。

缙，纶也。"

附：《小雅·桑扈》篇"彼交匪敖"，《左传·襄二十七年》引作"匪交"。

句法似同实异例

《鄘风·载驰》篇"载驰载驱"，《传》云："载，辞也。"又《小雅·菁菁者莪》篇"载沉载浮"，《传》云："载沉亦浮，载浮亦浮。"

《小雅·湛露》篇"湛湛露斯，匪阳不晞"，《传》云："露虽湛湛然，见阳则干。"

《鄘风·旄丘》篇"匪车不东"，《传》云："不东，言不来东也。"《笺》申《传》云："女非有戎车乎？何不来东迎我君而复之[①]？"

两篇同文异义例

《邶风·泉水》篇"遄臻于卫，不瑕有害"，《传》云："瑕，远也。"《疏》引王肃云："言愿疾至于卫，不远礼义之害。"又《二子乘舟》篇"愿言思子，不瑕有害"，《传》云："言二子之不远害。"

《周南·卷耳》篇"嗟我怀人，寘彼周行"，《传》云："怀，思。寘，置。行，列也。思君子，官贤人，置周之列

———————

① 原文作"何不来东也"，今据《毛诗正义》改作"何不来东迎我君而复之"。

位。"又《小雅·鹿鸣》篇"示我周行",《传》云:"周,至。行,道也。"《疏》引王肃云:"示我以至美之道。"

后章不与前章同义例

《周南·桃夭》篇首章"之子于归,宜其室家",《传》云:"宜以有室家。"二章"宜其家室",《传》云:"家室,犹室家也。"又三章"宜其家人",《传》云:"一家之人,尽以为宜。"

《召南·鹊巢》篇首章"百两御之",《传》云:"诸侯之子嫁于诸侯,送御皆百乘。"二章"百两将之",《传》云:"将,送也。"又三章"百两成之",《传》云:"能成百两之礼也。"

两句似异实同例

《周南·葛覃》篇"薄污我私,薄浣我衣。害浣害否,归宁父母",《传》云:"私,燕服也。"又云:"私服宜浣,公服宜否?"

《大雅·思齐》篇"雍雍在宫,肃肃在庙",《召南·采蘩》篇"公侯之宫",《传》云:"宫,庙也。"

连类并称篇

《小雅·信南山》篇"南东其亩",《传》云:"或南或东。"

《大雅·绵》篇"鼛鼓弗胜",《传》云:"或鼛或鼓,言劝事乐功也。"

举此见彼例

《郑风·大叔于田》篇"执辔如组,两骖如舞",《传》云:"骖之与服,和谐中节。"《疏》云:"此经止云'两骖',不言'两服',知'骖'与'服'和谐中节者,以下二章于此二句皆说'两服''两骖',则知此经所云[①]亦总'骖''服'……故知'如舞'之言,兼言服亦中节也。"

《小雅·车攻》篇"选徒嚣嚣",《传》云:"维数车徒者,为有声也。"

《小雅·楚茨》篇"以绥后禄",《传》云:"安然后受福禄也。"

因此及彼例

《召南·羔羊》篇"羔羊之皮",《传》云:"小曰羔,大曰羊……大夫羔裘以居。"

《大雅·绵》篇"堇荼如饴",《传》云:"堇,菜也。荼,苦菜也。"

———————

① 原文无"所云",今据《毛诗正义》补之。

二句连读例

《邶风·柏舟》篇"微我无酒，以敖以游"，《传》云："非我无酒，可以敖游忘忧也。"

《大雅·常武》篇"王命卿士，南仲大祖"，《传》云："王命南仲于大祖。"

文平义侧例谓似偶非偶也

《小雅·常棣》篇"原隰裒矣，兄弟求矣"，《传》云："裒，聚也。求矣，言求兄弟也。"

《大雅·思齐》篇"不显亦临，无射亦保"，《传》云："以显临之，保安无厌也。"

《周颂·良耜》篇"其饷伊黍，其笠伊纠，其镈斯赵"，《传》云："笠，所以御暑雨也。赵，刺也。"

《小雅·小旻》篇"维迩言是听，维迩言是争"，《传》云："争为近言。"

偶语错文例

《大雅·瞻卬》篇"天何以刺？何神不富"，《传》云："刺，责。富，福。"

《大雅·桑柔》篇"四牡骙骙，旟旐有翩"，《传》云："骙骙，不息也……翩翩，在路不息也。"

《小雅·小弁》篇"菀彼柳斯，鸣蜩嘒嘒。有漼者渊，萑苇淠淠"，《传》云："漼，深貌。"

《小雅·大东》篇"或以其酒，不以其浆"，《传》云："或醉于酒，或不得浆。"

《小雅·正月》篇"天天是椓"，《传》云："君天之，在位椓之。"

实词活用例

《小雅·桑扈》篇"有莺其羽"，《传》云："莺然有文章。"

《周颂·载芟》篇"有椒其馨"，《传》云："椒，犹馣也。"

《大雅·文王有声》篇"文王烝哉"，《传》云："烝，君也。"

《商颂·那》篇"于赫汤孙"，《传》云："盛矣，汤为人子孙也。"

动词静词实用例

《小雅·吉日》篇"其祁孔有"，《传》云："祁，大也。"

《小雅·节南山》篇"有实其猗"，《传》云："实，满。猗，长也。"

《小雅·正月》篇"有菀其特"，《传》云："言朝廷曾无杰臣。"

《豳风·七月》篇"以伐远扬",《传》云:"远,枝远也。扬,条扬也。"又"十月陨萚",《传》云:"萚,落也。"

《周颂·时迈》篇"肆于时夏",《传》云:"夏,大也。"

单词状物等于重言例

《邶风·柏舟》篇"泛彼柏舟,亦泛其流",《传》云:"泛泛,流貌。柏,木所以宜为舟也。亦泛泛其流,不以济度也。"

《邶风·谷风》篇"有洸有溃",《传》云:"洸洸,武也。溃溃,怒也。"

《桧风·匪风》篇"匪风发兮,匪车偈兮",《传》云:"发发飘风,非有道之风;偈偈疾驱,非有道之车。"

《卫风·氓》篇"其叶沃若",《传》:"沃若,犹沃沃然。"

《陈风·宛丘》篇"坎其击鼓",《传》云:"坎坎,击鼓声。"

《小雅·蓼萧》篇"零露湑兮",《传》云:"湑湑然,萧上露貌。"

《王风·丘中有麻》篇"将其来施",《传》云:"施施,难进之意①。"

《豳风·东山》篇"有敦瓜苦",《传》云:"敦,犹专

---

① 原文作"貌",今据《毛诗正义》改作"意"。

专也。"

间词例

《小雅·车攻》篇"徒御不惊，大庖不盈"，《传》云："不惊，惊也。不盈，盈也。"

《大雅·文王》篇"有周不显"，《传》云："有周，周也。不显，显也。"又"无念尔祖"，《传》云："无念，念也。"

《小雅·小弁》篇"鹿斯之奔"，《传》云："谓鹿之奔走。"

《周颂·清庙》篇"秉文之德"，《传》云："执文德之人也。"

《豳风·破斧》篇"亦孔之将"，《传》云："将，大也。"《笺》申《传》云："其德亦甚大。"

虚数例

《豳风·东山》篇"九十其仪"，《传》云："言多仪也。"

《小雅·甫田》篇"岁取十千"，《传》云："十千，言多也。"

《周颂·噫嘻》篇"终三十里"，《传》云："终三十里，言各极其望也。"

《周颂·载芟》篇"以洽百礼"，《传》云："百礼，言多。"

《毛诗》札记

仪征刘师培申叔著

易卫华 整理

　　《周南·关雎》篇"求之不得，寤寐思服"，《毛传》云："服，思之也。"《疏》引王肃述毛云："服膺，思念之。"按：王氏申毛，多得传意，此条说独未协。寻《芣苢》篇"薄言有之"，《毛传》云："有，藏之也。"《召南·鹊巢》篇"维鸠方之"，《毛传》云："方，有之也。"《邶风·终风》篇"顾我则笑"，《毛传》云："笑，侮之也。"盖毛公《传》例，于《诗》诂鞠曲，必辗转始得其义者，恒于训词之下增益"之"字，示与直训弗同。"服"字不得直诂为"思"，犹"有"字不得直训"藏"，"方"字不得直训"有"，"笑"字不得直训"侮"也。故《传》以"思之"诂"服"，明"服"义亦与上"思"同。"思""服"并文，犹《鱼藻》篇"饮酒乐岂"，"岂"亦"乐"义也。如王说，则"思""服"倒文协韵，在诗文虽有其例，然非此篇《传》旨也。

　　《召南·采蘩》篇"夙夜在公"，《毛传》云："夙，早也。"据毛说，"夙夜"犹云"早暮"，二字对文，乃平列之词。《小星》篇"夙夜在公"，郑《笺》云："或早或夜，在于君所。"盖得传意。《疏》引或说，以为"早"谓"夜初"，又驳之云："知不然者，以其诗言'夙夜'，皆记昏为夜，晨初为早，未有以初昏为‘夙’者。"其说甚确。乃陈奂《传疏》小变或说，以《采蘩》《行露》《小星》《鸡鸣》《陟岵》《雨无正》《烝民》《韩奕》《昊天有成命》《我将》《振鹭》《闵予小子》《有驰》诸言"夙夜"，皆连读得义。古曰"夙夜"，今曰"早夜"。夜未旦谓之"早夜"，与"夙兴夜寐"平列者不同，说与《诗》旨弗合。寻《雨无正》篇"莫肯夙夜"与"莫肯朝夕"并文，明"夙夜"二文同于"朝夕"。若《周语》叔向说《昊天有成命》，训"夙夜"为"恭"，以《商颂·那》篇"温恭朝夕"证之，其义自见，奚得以"夜未旦"为解乎？《贾子新书·礼容》篇释《昊天有成命》虽与《国语》稍异，然以"早兴夜寐"释"夙夜"，确为古训，足证"夙夜"二字为对文。

《召南·行露》篇"岂不夙夜，谓行多露"，《毛传》云："岂不，言有是也。"《传》以"有是"释"岂不"者，明此篇"不"字与"无"义同，谓"岂无夙夜？以多露相告诫之人"也。《传》会经旨，因以"有是"释"岂无"，知此篇"不"义同"无"者，《周南·汉广》篇"不可求思"，《传》训"不可"为"无"。《豳风·鸱鸮》篇"无毁我室"，《传》训"无"为"不可"；《周颂·清庙》篇"无射于人斯"，《传》直训"无"为"不"；《唐风·采苓》篇"苟亦无与"，《传》复训"无"为"勿"。明经文云"无"、云"不"，两义或同。故《郑风·叔于田》篇云"岂无居人"，此云"岂不夙夜"，文虽两别，词例不殊。郑《笺》云："言我岂不知当早夜成昏礼与？谓道中之露大多，故不行耳。"似非毛旨。

《邶风·谷风》篇"昔育恐育鞠，及尔颠覆。既生既育，比予于毒"，《毛传》云："育，长。鞠，穷也。"按《说文》："育，养子使作善也。"此传诂"育"为"长"，明"长"为长养之"长"，与《小雅·蓼莪》篇"长我育我"、《大雅·生民》篇"载生载育"义同。《生民》传亦云："育，长也。"诗人之意，谓昔之所以育养彼者，恐育养之术有时而穷，将与彼同其颠覆也。下云"既生既育"，与上同旨。郑《笺》云："昔育，育，稚也。及，与也。昔幼稚之时，恐至长老穷匮，故与女颠覆，尽力于众事^①。"又云："生谓财业也，育谓长老也。"盖误解传文"育，长"之训，曲以"长老"相诠。其以"颠覆"为"尽力"，与《大雅·抑》篇"颠覆厥德"不合，疑未可从。《疏》以《笺》义申毛。近陈奂《传疏》又以传文"长"字为长久之"长"，均失毛旨。

《邶风·式微》篇"式微式微，胡不归"，《毛传》云："式，用也。"《疏》引《左氏传》"荣成伯赋《式微》"，服注云："言君用中国之道微。"则《经》云"式微"，谓所用之道微也。《疏》申毛义，谓君用在此而益微。盖于《传》之"用"字，误解为"因"，不知"式"之与"用"均为实词。《大雅·民劳》篇"戎虽小子，而式弘大"，《毛传》诂"戎"

---

① 原文作"家事"，今据《毛诗正义》改作"众事"。

为"大"，《疏》引王肃说云："在王者之大位，虽小子，其用事甚大也。"彼文之"式"与此正同，"弘大"之文亦与"微"反。盖用弗"弘大"，则曰"式微"。两文互证，足以明其句例矣。若《大雅·皇矣》篇"憎其式廓"，《毛传》以为"用大位，行大政"，以"用"诂"式"，亦与此符。惟彼稍与实词有别，然"用"义殊"因"，可断言也。

《邶风·泉水》篇"有怀于卫，靡日不思"，《毛传》无说。据《序》云："卫女思归。"又《周南·卷耳》篇"嗟我怀人"，《召南·野有死麕》篇"有女怀春"，《齐风·南山》篇"曷又怀止"，《小雅·常棣》篇"兄弟孔怀"，《传》均训"怀"为"思"。则此文"怀"字，传意亦训为"思"。因诂具于前，故不复著。经文复云"不思"者，犹《小雅·杕杜》篇"会言近止，征夫迩止"，传文训"迩"为"近"。《大雅·抑》篇"谨尔侯度，用戒不虞"，《传》训"不虞"为"非度"。明"近""迩""度""虞"，异文同义也。郑《笺》云："怀，至。靡，无也。以言我有所至念于卫，我无日不思也。"训词迂曲，似非毛旨。《疏》据《笺》义申毛，又谓下云"不思"，此"怀"不宜复为"思"，尤为曲说。

《邶风·北风》篇"莫赤匪狐，莫黑匪乌"，《毛传》云："狐赤，乌黑，莫能别也。"审绎传意，盖"匪"与"彼"同，谓"莫赤彼狐""莫黑彼乌"也。不别狐之为赤，故曰"莫赤彼狐"；不别乌之为黑，故曰"莫黑匪乌"。《传》云"莫能别"，正释经文"莫"字，知"匪"与"彼"同义者，《小雅·桑扈》篇"彼交匪敖"，《左氏传》引作"匪交匪敖"，是"匪""彼"文同。彼文假"彼"为"匪"，犹此文假"匪"为"彼"也。

《鄘风·定之方中》篇"匪直也人，秉心塞渊"，《毛传》云："非徒庸君。秉……操也。"《疏》申毛云："言文公既爱民务^①农如此，则非直庸庸之人，故秉操其心，能诚实且复深远，是善人也。"其说甚得传意。盖"也人"之"人"与《相鼠》篇"人而无仪"同。彼篇，《传》云："无礼仪^②者，虽居尊位，犹为暗昧^③之行。"明亦以"人"为君。"匪直也人"，谓匪特尽人君之常道，故下文即言"秉心塞渊"以歌其美。陈奂《传疏》以"庸君"为鄘国之君，转失经旨。

《鄘风·蝃蝀》篇"朝隮于西，崇朝其雨"，《毛传》云："隮，升。崇，终也。"据《曹风·候人》篇"南山朝隮"，《传》训"隮"为"升云"，则此云"朝隮"亦谓所升云气。《周礼·春官》"视祲掌十辉之法"，"八曰叙，九曰隮"，先郑注云："叙者，云有次序也，如山在日上也。隮者，升气也。"盖"辉"义虽为日光气，然所掌十辉，兼及云气之属，不以涉及日气者为限。先郑所云"升气"，即《毛传》所谓"升

---

① 原文作"重"，今据《毛诗正义》改作"务"。
② 原文作"义"，今据《毛诗正义》改作"仪"。
③ 原文作"寐"，今据《毛诗正义》改作"昧"。

云"。《周易集解》引《需卦》上六荀爽注曰："'云上升，极则降而为雨'，故《诗》云：'朝隮于西，崇朝其雨。'"是其义也。郑《笺》云："朝有升气于西方，终其朝则雨，气应自然。"亦用先郑注说。乃"视祲"注文训"隮"为"虹"，引《诗》"朝隮于西"为证，与《笺》诗异。诗《疏》据《礼》注申《笺》，近陈奂《传疏》又以《礼》注申《传》，不知全诗之例，次章之文不必与首章同义。此诗首章言"螮蝀"，次章别言"出云兴雨"，不必承上为义也。

《卫风·芄兰》篇"虽则佩觿，能不我知"，《毛传》云："不自谓无知以骄慢人也。"据《传》说，则《经》云"能不我知"，谓能不以我为有知也。次章"能不我甲"，《毛传》训"甲"为"狎"，"狎""习"义同，谓能不以我为多所习也。经文反言，传文正解，以《传》证经，其义自显。郑《笺》训"能"为"才能"，与毛异说。《疏》申毛说，谓《传》以此责君骄慢，言君于才能，不肯自谓我无知。如其说，则《经》云"不我知"当云"不我无知"，虑非传文本旨也。

《王风·君子阳阳》篇首章"左执簧，右招我由房"，《毛传》云："由，用也。国君有房中之乐。"据毛说，"招我由房"谓用房中之乐招我也。次章"右招我由敖"，据《小雅·鹿鸣》篇"嘉宾式燕以敖"，传文诂"敖"为"游"，则"招我由敖"亦谓用游燕之乐招我也。郑《笺》于经文二"由"字并训为"从"，与《传》异说。乃陈奂《传疏》以次章"由敖"犹云"以敖",不与首章"由"字同义,似非《传》旨。

《郑风·羔裘》篇"洵直且侯",《毛传》云:"洵,均。侯,君也。"郑《笺》云:"言古朝廷之臣皆忠直且君也。"即申《传》说。援是以推,知《邶风·静女》篇"洵美且异",《郑风·叔于田》篇"洵美且仁""洵美且好""洵美且武",《溱洧》篇"洵訏且乐",传意"洵"亦诂"均"。盖《说文》训"均"为"平",训"旬"为"遍","旬"即"洵"之正字。"均"与"皆"同,亦与"尽"同。"洵美"者,尽美也;"洵訏"者,咸大也。郑《笺》不达斯旨,于《静女》《叔于田》《溱洧》诸"洵"字皆诂为"信",则以"洵"为"恂"之假字,说虽可通,虑非传意。

《齐风·甫田》篇"无田甫田,维莠骄骄。无思远人,劳心忉忉",《毛传》云:"甫,大也。大田过度而无人功,终不能①获。""忉忉,忧劳也。言无德而求诸侯,徒劳其心忉忉耳。"②审绎传意,盖以"无田甫田"犹云"无功田甫田","无思远人"犹云"无德思远人"。经省"无功""无德"为"无"者,是犹《鲁颂·有駜》篇"岁其有",传文训"有"为"有年",经文省"有年"为"有"也。经省文以适句,《传》增字以足文。全经之中,斯例甚众。《疏》昧毛旨,谓"无得田此大田",近陈奂《传疏》又以两"无"字为发声,均于传意

---

① 原文作"可",今据《毛诗正义》改作"能"。
② "言无德而求诸侯,徒劳其心忉忉耳"为郑《笺》文,非《毛传》。

弗合者也。

《魏风·陟岵》篇"上慎旃哉，犹来无止"，《毛传》云："旃，之。犹，可也。父尚义。"盖"犹""可"均与"肯"同，"可"为愿词，"上"读《夏书》"尔尚辅予一人"之"尚"。《隶释》引石经《鲁诗》作"尚"。《毛诗》全经亦"上""尚"互用，如《大雅·荡》篇"人尚乎由①行"，《传》以"居人上"为释，是其例。郑《笺》云："上者，谓在军事②作部列时。"训词迂曲，疑传意弗然。"上③慎旃哉"为勉词，"犹来无止"，谓愿其来归，勿复中止也。又次章"犹来无弃"，《传》云"母尚恩"。三章"犹来无死"，《传》云"兄尚亲"，亦谓愿其来归无相弃，愿其来归无独死也。《疏》谓"可来乃来，无止军事而来"，殊背《传》旨。

《唐风·杕杜》篇"人无兄弟，胡不佽焉"，《毛传》云："佽，助也。"按：《说文》"佽"训"便利"，与"助"义殊，《传》盖借"佽"为"资"。

《秦风·小戎》篇"蒙伐有苑"，《传》云："蒙，讨羽也。伐，中干也。"按：《说文》以"敹"即《周书》"讨"字，"敹"即《郑风·遵大路》篇"无我魗兮"之"魗"，是"翿"声之字，古与"讨"通。《传》多古字，所云"讨羽"，"讨"即"翿""敹"诸文假字。《说文》："毁，翳也。"引《诗》"左

---

① 原文作"游"，今据《毛诗正义》改作"由"。

② 原文作"中"，今据《毛诗正义》改作"事"。

③ 原文作"尚"，今据《毛诗正义》改作"上"。

执彀"。今《王风·君子阳阳》篇作"翿","翿""覆"义同。此传之意，盖以用羽覆干，名曰"蒙伐"。《周礼·舞师》先郑注：以"翙舞"为"蒙羽舞"，正与此经"蒙"字义同。郑《笺》云："蒙，厖也。讨，杂也。画杂羽之文于伐，故曰'厖伐'。"明为申《传》，实非传意。

《秦风·黄鸟》篇首章"维此奄息，百夫之特"，《毛传》云："乃特百夫之德。"《疏》谓"在百夫之中，乃[1]孤特秀立"，其说未允。陈奂《传疏》云：《鄘·柏舟》传：'特，匹也'，云'乃特百夫之德'者，言奄息之德乃足以匹百夫耳。"深得传意。次章"维此仲行，百夫之防"，《毛传》训"防"为"比"，"防"与"方"同，谓德拟百夫。三章"维此铖虎，百夫之御"，《毛传》训"御"为"当"，"当"与"直"同，谓铖虎之德足以当值百夫。《鄘风·柏舟》篇"实维我特"，《释文》引韩《诗》作"直"，云："直，相当值也。"亦与首章之"特"、二章之"方"同义也。

《陈风·衡门》篇"泌之洋洋，可以乐饥"，《毛传》云："乐饥，可以乐道忘饥。"《疏》引王肃说云："洋洋泌水，可以乐道忘饥。巍巍南面，可以乐治忘乱。"又引孙毓难肃云："既巍巍矣，又安得乱？此言临水叹逝，可以乐道忘饥，是感激立志慷慨之喻，犹孔子曰'发愤忘食，不知老之将至'云

---

[1] 原文无"乃"字，今据《毛诗正义》补之。

尔。"今按：王、孙二说，均失《传》旨。毛云"乐道忘饥"者，谓所乐在道，虽饥亦乐，若云"饥弗改乐"云耳。王误以《传》云"乐道"解经文"乐"字，《传》云"忘饥"解经文"饥"字，孙又误以"叹逝"为说，实则《经》《传》均无斯义也。

《陈风·东门之池》篇"可与晤言"，《毛传》云："言，道也。"按：传文"道"字读为《鄘风·墙有茨》篇"不可道也"之"道"，其义至明。近陈奂《传疏》以为"性道"之"道"，疑非。

《桧风·素冠①》篇"聊与子同归兮"，《毛传》云："愿见有礼之人，与之同归。"按：《邶风·北风》篇"携手同归"，《毛传》云："归有德也。"知此传"与之同归"，亦谓"归有礼"。《疏》申传意，以"同归"为"同归己家"，失之。

《豳风·七月》篇"一之日于貉，取彼狐狸，为公子裘"，《毛传》云："于貉，谓取。狐狸，皮也。狐貉之厚以居。孟冬，天子始裘。"《疏》读"于貉，谓取狐狸皮"为句。近陈启源《稽古编》读"于貉""谓取"为句，"狐狸皮也"别为句，陈读是也。《秦风·小戎》篇"虎韔镂膺"，《传》云："虎，虎皮也。"《小雅·采薇》篇"象②弭鱼服"，《传》云："鱼，今本下有'服'字，陈奂《传疏》云：'疑衍。'是也。鱼皮也。"均

---

① 原文作"羔裘"，今据《毛诗正义》改作"素冠"。
② 原文作"众"，今据《毛诗正义》改作"象"。

与此传例同。其曰"于貉，谓取"者，本经"于"字不必兼有"取"义，惟此云"于貉"，则"取"义自该其中，故增"谓"字以为别，犹《小雅·庭燎》传："君子，谓诸侯。"明全经"君子"本与"诸侯"义别，惟此独指诸侯言，故《传》特增"谓"字也。

《小雅·出车》篇"狝狁于夷"，《毛传》云："夷，平也。"按：上章"狝狁于襄"，《毛传》训"襄"为"除"，则此章之"夷"亦谓"平殄"，与《大雅·召旻》篇"实靖夷我邦"之"夷"同。郑《笺》云："平者，平之于王也。"明为申《传》，似非传意。

《小雅·车攻》篇"搏兽于敖"，《毛传》云："敖，地名。"郑《笺》云："兽，田猎搏兽也。"近惠栋《九经古义》以《水经注》引云"薄狩于敖"，《东京赋》同。段玉裁《诗经小学》又据《后汉书·孝安帝纪》注及《初学记》所引作"薄"，以"薄"为语词。按："狩""兽"二文，隋唐以前古籍互书不别。传意是否同《笺》，抑以为冬狩之"狩"，今无可证，惟《笺》以"田猎搏兽"释经文"兽"字，所据之本，似仍作"薄兽于敖"。后人以"搏""薄"形近，疑《笺》云"搏兽"，经文亦作"搏兽"，因之易"薄"为"搏"耳。《豳风·七月》篇"一之日于貉"，《笺》云："往①搏貉"。以"搏貉"释"貉"，与此

---

① 原文作"注"，今据《毛诗正义》改作"往"。

以"搏兽"释"兽"正同。

《小雅·节南山》篇"不吊昊天"，《毛传》云："吊，至。"按："吊"即《说文》"迅"字。《天保》篇"神之吊矣"，《传》亦诂"至"。此"至"字义虽稍别，然"不吊昊天"亦谓于昊天之道有所不及，未能臻达其极，若今人所云"不到"云耳，故于古语为通词。《左氏·成公^①八年》传："有上不吊，其谁不受乱？"《襄公十三年》传"君子以吴为不吊"，均援引下章"不吊昊天，乱靡有定"以证其意，是其说也。《大雅·瞻卬》篇"不吊不祥"，意亦诂"至"，与《商颂·列祖》篇"既戒既平"例同，非必"至"亦训"祥"也，乃《节南山》郑《笺》云"至，犹善也。不善乎昊天，诉之也"。其《瞻卬》，《笺》文别谓"王之为政，德不至于天矣^②"。两训迥异，其非《传》旨则一也。

《小雅·节南山》篇"君子如届，俾民心阕"，《毛传》云："届，极。阕，息。"审绎传意，"届"之训"极"，与上"不吊"训"至"义同。谓君子之道，能臻其极而无所不及也。郑《笺》云："届，至也。君子斥在位者，如行至诚之道，则民鞠讻之心息。"误以"至诚"释"届"，亦非《传》旨。

《小雅·正月》篇"父母生我，胡俾我瘉"，《毛传》云："父母，谓文、武也。我，我天下。瘉，病也。"按：《传》云

---

① 原文无"公"字，今据《左传》补之。
② 原文作"德不至天"，今据《毛诗正义》改作"德不至于天矣"。

"我天下"者，以此文之"我"为天下人民自我之词。《疏》谓："作者举天下之心为之怨刺，不专为己，故'谓'天下为'我'。"于旨未昭。

《小雅·十月之交》篇"四方有羡，我独居忧"，《毛传》云："羡，余也。"郑《笺》云："四方之人，尽有饶余，我独居此而忧。"按："居忧"之文，与《雨无正》篇"俾躬处休"文同，犹云"处于忧患"也。《笺》云"居此而忧"，立词稍曲。近陈奂《传疏》误据王引之《释词》说，以"居"为语助，非也。

《小雅·雨无正》篇"舍彼有罪，既伏其辜。若此无罪，沦胥以铺"，《毛传》云："舍，除。沦，率也。"《疏》申传意，谓"舍彼有罪，既伏其辜者而不戮"。意颇纡曲。今审绎《经》《传》之文，似"舍，除"之意，非谓免除罪过，谓舍除有罪伏辜外，其无罪之人亦相率以病也。《笺》训"铺"为"遍"，《释文》引王肃说云："病也。"今从王。蒙上"昊天疾威"为文。

《小雅·小旻》篇"不敢暴虎，不敢冯河，人知其一，莫知其他"，《毛传》云："冯，陵也。徒涉曰冯河，徒搏曰暴虎。一，非也。他，不敬小人之危殆也。"按：《吕氏春秋·安死》篇高注释此诗云："无兵搏虎曰暴，无舟渡河曰冯河 ①，小人而为政，不可以不敬，不敬之则危，犹暴虎冯河之必死也。'人

---

① 原文作"喻"，今据高诱注《吕氏春秋》改作"河"。

知其一，莫知其他'，'一，非也'，人皆知小人之为非，不知不敬小人之危殆。"高氏此文，悉宗毛说。如其说，盖经以"虎""河"喻小人，以"暴""冯"喻不敬小人。"人知其一"，谓人知"虎""河"之为害，犹之知小人之为非；"莫知其他"，谓人不知"暴""冯"之不可，犹之不敬小人。传文之意，得此益明。乃《疏》申毛义谓"唯知此[1]暴虎冯河一事非，而不知其他事也"，近陈奂《传疏》又谓高解"人知其一"，与《传》略异，其说均非。

《小雅·巧言》篇"昊天已威，予慎无罪。昊天泰[2]怃，予慎无辜"，《毛传》云："威，畏。慎，诚也。"按：上文"乱如此怃"，《毛传》训"怃"为"大"，知此"怃"亦同。《经》以"昊天"喻王，谓王甚可畏、王甚自大也。《疏》申传意，谓王甚虐大，非是。

《小雅·巧言》篇"乱是用餤"，《毛传》云："餤，进也。"按："餤，进"之文虽见《尔雅》，然《说文》无"餤"字，其训为"进"，疑即"导"假。古籍"炎"声、"覃"声[3]之字多与"导"通，"导""进"义符。

《小雅·四月》篇"相彼泉水，载清载浊。我日构祸，曷云能谷"，《毛传》云："构，成。曷，逮也。"按："曷，逮"，

---

① 原文无"此"字，今据《毛诗正义》补之。
② 原文作"大"，今据《毛诗正义》改作"泰"。
③ 原文作"字"，今据文意改作"声"。

《尔雅》作"遏，逮"。《传》据故本，盖以"曷"与"及"同。"曷云能谷"，"云"为语词，"谷"亦训"善"，犹云"逮其能善"也。综绎此章之意，盖以泉水之有清浊，喻为政之有善恶治乱。"我日构祸"，即现今言，谓今之在上，方日成其祸乱之恶也。"曷云能谷"，为望其日后改善之词，谓今虽为恶，庶几后复为善，如泉水之由浊而清，我身犹及见之也。郑《笺》云："言诸侯日作祸乱之行，何者可谓能善？"与《传》异意。《疏》申传意，谓"日益祸乱，不能逮于善时"，亦非《传》旨。

　　《小雅·小明》篇"曷云其还？岁聿云莫"，《毛传》无说。以《四月》传训"曷"为"逮"证之，疑"曷云其还"犹云"及其还"，次章亦同。与《邶风·雄雉》篇"曷云能来"，词同义别。郑《笺》训"曷"为"何"，未可据以说《传》也。

　　《小雅·楚茨》篇"卜尔百福，如几如式"，《毛传》云："几，期。式，法也。"审绎毛义，"如"与"顺"同，谓事适其期，礼合乎法也。《郑风·大叔于田》篇"两骖如手"，《传》云："进止①如御者之手。""如"非譬词，与此正同。郑《笺》云："其来如有期矣，多少如有法矣。"则以两"如"均譬况之词，似非经义。

_____

① 原文作"退"，今据《毛诗正义》改作"止"。

　　《小雅·桑扈》篇"不戢不难"，《毛传》云："戢，聚也。不戢，戢也。不难，难也。"按：《毛传》未释"难"义，据《说文》训"戁"为"敬"，即"难"正字。"戢""难"并文，谓能敛抑，能竦敬也。《疏》申传意，谓"天下之民畏难而顺之"，非是。

　　《小雅·都人士》篇"彼君子女，谓之尹吉"，《毛传》云："尹，正也。"《疏》引王肃说云："正而吉也。"按：《传》未释"吉"字，王氏以"吉"为美善之义，未知当否。据《小雅·六月》篇"四牡既佶"，《毛传》诂"佶"为"正"。《说文》亦云："佶，正也。"或此文"吉"字亦系"佶"假，与"尹"同义，犹《周颂·酌》篇"是用大介"，"介"亦"大"义也。

　　《大雅·文王》篇"思皇多士，生此王国"，《毛传》："思，辞也。皇，天。"据《传》说，则"思"非思念之"思"，乃《疏》引王肃说云："言天思周德至盛，故为生[①]众士于此周国。"与传文训"思"为"辞"不合。

　　《大雅·文王》篇"假哉天命"，《毛传》云："假，固也。"按："假"无"固"义，《传》盖以此文"假"字即系"固"假，犹他籍之假"遐"为"胡"矣。

　　《大雅·绵》篇"柞棫拔矣，行道兑矣"，《毛传》云：

"兑，成蹊也。"按：《传》盖读"兑"为"术"。《说文》："术，邑中道也。"引申则为道路之称。"术""隧""兑"三文，同声通假。此文假"术"为"兑"，犹《尚书·说命》《墨子·尚同》引作"术令"也。《传》以"成蹊"为训者，盖"兑"与"道"同，开辟成道亦谓之"兑"。《传》云"成蹊"，犹云成蹊径，谓柞棫既拔，而所行之道均成径路也。《疏》谓"兑"是成蹊之貌，其说疑非。《桑柔》篇"大风有隧"，《毛传》云："隧，道也。"亦"术"假字。

《大雅·思齐》篇"惠于宗公，神罔时怨，神罔时恫"，《毛传》云："宗公，宗神也。恫，痛也。"按："公"无"神"训，《传》以"宗公"为宗神者，"公"即《小雅·天保》篇"于公先王"之公也。彼传训"公"为"事"，又《凫鹥》篇"公尸来燕来宗"，传文训"宗"为"尊"。合以相证，知此传亦同。"惠于宗公"，犹云顺所尊事，神为国家所尊事，故《传》逆下文，即以"宗神"为释。《疏》引王肃说云："文王之德，乃①能上顺祖宗，安宁百神。"《疏》又自申毛说，谓"文王之德，能上顺于先祖宗庙群公，以安宁百神"。则以"宗庙"为宗庙先公。今按：《国语·晋语》引此文释上"亿宁百神"，则"宗"非宗庙，《疏》说固非，王说亦未得也。

《大雅·思齐》篇"古之人无斁，誉髦斯士"，《毛传》

---

① 原文无"乃"字，今据《毛诗正义》补之。

云："古之人无厌于有名誉之俊士。"《疏》引王肃云："言文王性与古合。"盖"无斁誉髦斯士"六字为句，与《周南·卷耳》篇"我姑酌彼金罍"同。上云"古之人"，则三字为句。《释文》云："斁，毛音'亦'，厌也。"一本此下更有"古之人无厌于有名誉之俊士也"，此王肃语。据陆说，则《疏》本所据之《传》，非《传》本文。然上章"无射亦保"，《传》云："保，安，无厌。""射""斁"文同。即使此传果出王肃，亦与毛义弗违。郑《笺》"斁"字作"择"，释为"口无择言，身无择行"，则以"古之人无斁"连读，与《传》不同。

《大雅·皇矣》篇"帝迁明德，串夷载路"，《毛传》云："徙就文王之德也。串，习。夷，常。路，大也。"据《传》说，则"串夷载路"犹云"习常则大"。《生民》篇"厥声载路"，《传》亦训"路"为"大"，与此传同，犹云"其音则大"也。乃《疏》引王肃说，谓"天于周家善于治国，徙就文王明德，以其由世习于常道，故得居是① 大位也"。虽与毛旨弗背，然以"居是大位"为释，立训似曲。陈启源《稽古编》斥为文意未安，其说是也。

《大雅·皇矣》篇"天立厥配，受命既固"，《毛传》云："配，媲也。"下章"帝作邦作对"，《毛传》云："对，配也。"审绎传文，"配"既诂"媲"，"对"复诂"配"，明"立

---

① 原文作"此"，今据《毛诗正义》改作"是"。

配"不与"作对"义殊。"配"即《文王》篇"永言配命"之"配"也。彼篇，《传》云："永，长。言，我也。我长配天命而行。"盖道与天匹，谓之"配天"。《文王》篇又言"克配上帝"，《下武》篇言"三后在天，王配于京"，立义均同。援是以推，则"天立厥配"，谓天立与天配德之人也。"帝作邦作对"，"对"与"配"同，亦谓与天配德之人也，与天配德，即谓人君。郑《笺》云："'作配①'谓为生明君。"盖得《传》旨。其以"厥配"为大姒，疑非毛义。至《大明》篇"天作之合"，传文诂"合"为"配"，指大姒言，与此殊旨。《笺》误据彼传之意以申此传，不知《经》云"受命"，"命"即所配天命，义与《文王》篇互明，若如《笺》说，则文与"受命"不续矣。

《大雅·皇矣》篇"以对于天下"，《毛传》云："对，遂也。"按：训"对"为"遂"，说本《尔雅》。实则以"遂"训"对"，犹之以"进"训"对"也。知者，《易·大壮》："不能退，不能遂。"《集解》引虞注云："遂，进也。"是"遂""进"义同。"以对于天下"，犹云以进及于天下也，故此文"对"字，与《大明》篇"使不挟四方"之"挟"、《思齐》篇"以御于家邦"之"御"，三义略符。《大明》，《传》诂"挟"为"达"，其意易明。《思齐》，《传》诂"御"为"迎"，明"御"

---

① 原文作"对"，今据《毛诗正义》改作"配"。

为"迓"之假字，故就本意立训。实则"御""迎"均有
"进"意，亦谓进而及于邦家也。彼《疏》引王肃说，以为迎
治天下之国家；此《疏》申《传》，又谓"整旅，所以遂天下
心矣①"，均非《传》旨。更即本经"对"字考之。《荡》篇
"而秉义类，强御多怼，流言以对"，传文训"对"为"遂"，
谓强御多怼之人，作为流言以进身也。《江汉》篇"虎拜稽
首，对扬王休"，《传》亦训"对"为"遂"，谓近扬王之德美
也。《桑柔》篇"听言则对，诵言如醉"，《毛传》无说，盖亦
"对""进"义同，谓听其虚言，即进其身，而不识其所言之
实也。又《小雅·雨无正》篇"听言则答，谮言则退"，《传》
云："以言进退人。"寻绎传意，盖以"答""对"同声。经文
假"答"为"对"，与"退"对文，因直以"进"诂"答"。
观于"答"直诂"进"，益知传文诂"对"为"遂"，均与
"进"同。乃《荡》疏以"遂"为"遂成其②恶事"，《江汉》
疏又云"因事之辞"，说既互违，义均迂曲，而《传》训因之
益晦矣。"遂"即"㒸"字，《说文》："㒸，从意也。"

　　《大雅·皇矣》篇"帝谓文王，询尔仇方，同尔兄弟"，
陈奂《传疏》本从《太平御览·兵部》所引作"弟兄"，与"方"协韵。是也。
《毛传》云："仇，匹也。"《疏》申毛义，谓"询谋于女匹己
之臣，以问其伐人之方"。盖以上章"万邦之方"，《传》诂

---

①　原文作"所以遂天下之心"，今据《毛诗正义》改作"所以遂天下心矣"。
②　原文无"其"字，今据《毛诗正义》补之。

为"则"，因以此"方"字亦同。今审经文，"仇方"二字似
与"兄弟"对文，"方"亦"仇"也。考《说文》训"方"为
"并船"，引申其义，则与"比"同。《论语·宪问》篇"子
贡方人"，《集解》云："方，比方人也。"《吕氏春秋·安死》
篇"方其所是也"，高注云："方，比也。"均"方""比"义
同之证。故《秦风·黄鸟》篇"百夫之防"，《毛传》训"防"
为"比"，即系假"防"为"方"。彼篇上章云"百夫之特"，
"特""匹"义同。此篇"仇方"连文，亦犹彼篇"特""防"
并文也。"仇""方"均谓匹己之臣，与《假乐》篇"群匹"
义同，亦与《周南·兔罝》篇"好仇"同义。《传》以"防"
训为"比"，已见前传，故此传无释词。若如《疏》说，则与
词例弗合矣。

　　《大雅·下武》篇"昭兹来许，绳其祖武"，《毛传》云：
"许，进。绳，戒。武，迹也。"《疏》申毛说，谓《传》以
"礼法既许而后得进"，故以"许"为"进"。立说迂曲，殆不
可通。据《小雅·六月》篇"饮御诸友"，《毛传》诂"御"
为"进"，此篇"许"字当亦"御"假。《续汉书·祭祀志》
注引谢沈《书》作"昭哉来御"，盖用正字，非必与毛异义
也。审绎传意，盖以"许"即进用之臣，谓昭示进用之臣，
使之谨守其先人之迹也。《文王》篇云："王之荩臣，无念尔
祖"，《毛传》云："荩，进也。无念，念也。"正与此文义同。

　　《大雅·生民》篇"载谋载惟"，《毛传》云："尝之日，莅

卜来岁之芟；狝之日，莅卜来岁之戒；社之日，莅卜来岁之
稼。所以兴来而继往也。谷熟而谋，陈祭而卜矣。"寻传意，
以"谷熟而谋"释"载谋"，即以"陈祭而卜"释"载惟"。
必云"陈祭"者，以此篇"惟"字义即诂"陈"。《国语·鲁
语》"师尹惟旅"，韦注云"惟，陈也"是其证。《传》知经文
云"陈"，即系"陈祭"，证以《周礼》，即系因祭而卜，故备
引《小宗伯》之文以证其制。郑《笺》诂"惟"为"思"，本
与《传》异。《疏》申传意，以为"思念祭事"，殆误以郑义
为毛义矣。

　　《大雅·生民》篇"以弗无子"，《毛传》云："去无子，
求有子。"按：《传》以"去"释"弗"者，盖读"弗"为
"拂"。《皇矣》篇"四方以无拂"，《释文》引王肃云："违
也。""去"义正与"违"同。乃《疏》申毛说，以为"心所
不欲，即当去之，故以'弗，去'谓'去无子以求有子'"。
非也。"弗""拂"，均《说文》"㕻"字。

　　《大雅·公刘》篇"鞞琫容刀"，《传》云："下曰鞞，上
曰琫，言德有度数也。容刀，言有武事也。"按：《小雅·瞻彼
洛矣》篇"鞞琫有珌"，《传》云："鞞，容刀鞞也。琫，上饰。
珌，下饰。"与此传异。据《说文》，"鞞"训"刀室"，"琫"
训佩刀上饰，"珌"训佩刀下饰，误与彼传合。鞞为刀鞘，即
此"容刀"，不当更为刀下饰。盖此篇"鞞琫"实"珌琫"之
讹。知者，《瞻彼洛矣》《释文》云："鞞或作琕。"又云："珌

字又作珥。"珌""珥"二文形近，疑此篇旧本或作"珥琫容刀"，转写误为"珌琫"，校者复改"珌"为"鞞"，而两传之意遂以互歧。

《大雅·公刘》篇"其军三单"，《毛传》云："三单，相袭也。"按：毛意诂"单"为"厚"。《尔雅·释言》："亶，厚也。"《桑柔》篇"逢天僤怒"，《传》云："僤，厚也。"《周颂·昊天有成命》篇"单厥心"，《传》云："单，厚。"《小雅·天保》篇"俾尔单厚"，《传》云："单，信也。或曰：单，厚也。""僤""单"及"亶"，三义并同。《说文》训"单"为"大"，引申其义则与"厚"同。"袭"为左衽袍，引申则为"重累"之称。《左氏·哀公十年》传"卜不袭吉"，杜注训"袭"为"重"。《淮南子·泛论训》"此圣人所以重仁袭恩[1]"，高注云："袭亦重累。"是其义也。盖"三单"之"单"，本义为"厚"，其在诗义，则谓"重累"为军。毛云"相袭"，义与"相重"不异，《疏》引王肃说云："三单相袭，止居，则妇女在内，老弱次之，强壮在外，言自有备也。"其得传意与否，虽弗克知，其以"相袭"为"重累"，立说固未误也。若郑《笺》以"单"为"无羡卒"，以"单"为"独"，则"禅"字引申之义。《说文》："禅，衣不重。"与毛异说。《疏》申毛义，谓"三行皆单，而相重为军"。迥与传文"单"义不合。近胡

---

[1] 原文作"此圣人所谓重仁袭义"，今据《淮南鸿烈解》改作"此圣人所以重仁袭恩"。

承珙《后笺》又以"单"为对复之名,"相袭"犹云"相代",不知"单"训为"厚",正与"单独"之"单"义反也。

《大雅·桑柔》篇七章"民之罔极,职凉善背",《毛传》云:"凉,薄也。"按:《说文》"凉,薄也",与《传》训同。《疏》引王肃说云:"民之无中和,主为薄俗,善相欺背。"甚得毛旨。援是以推,知八章"凉曰不可,覆背善詈",即蒙上文为义。传文之意,当亦同前,谓凉薄之行,犹曰不可,况其覆相欺背,善为诟厉乎?此毛义也。七章,郑《笺》云:"职,主。凉,信也。本或作'谅,信也'。民之行失其中者,主由为政者信用小人,工相欺违。"读"凉"为"谅",与《传》异义。故八章《笺》文亦云:"我谏止之以信言,女所行者不可,反背我而大詈。"以"凉"为"信",义与前同,然不得据为毛说也。乃《疏》申毛义,以"凉"为"我以信言谏王",直以《笺》说为《传》说。至开成石经,遂误易"凉曰"之"凉"为"谅"。今考七章《释文》云:"凉,毛音良,郑音亮,下同。"明八章"凉"字,毛亦诂"薄",不如孔氏所云。近陈奂《传疏》又以《毛传》之"薄"为语词,谓"凉曰"犹之"薄言"。如其说,则《左氏·庄公三十二①年》传"虢多凉德",《昭公四年》传"作法于凉",岂"凉"字亦为语词乎?此则较旧说尤误者也。

---

① 原文作"三",今据《春秋经传集解》改作"二"。

　　《大雅·云汉》篇"靡人不周，无不能止"，《毛传》云：
"周，救也。无不能止，言①无止不能也。"据毛说，则二语
对文，《经》特倒文协韵。"止"字之义，盖与"至"同。《鄘
风·相鼠》篇"人而无止"，《传》云："止，所止息。"又
《抑》篇"淑慎尔止"，《传》云："止，至也。""至"与"止
息"两义略符。此云"无止不能"者，谓群臣以王命救民，
凡所至莅之处，悉堪其事也。上句谓人，下句谓地，故传意
以为对文。《疏》引王肃说云："无不能而止者，其发仓廪，散
积聚，有分无，多分寡，无敢有②不能而止者，言上下同③
也。"明为申毛，实与毛旨不合。

　　《大雅·江汉》篇"明明天子，令闻不已"，《毛传》无
说。据《大明》篇"明明在下"，《传》云："明明，察也。"又
《常武》篇"赫赫明明，王命卿士"，《传》云："明明然察也。"
知此篇"明明"，传意亦谓"明察"。王引之《经义述闻》以
"亹亹""勉勉""明明"一声之转。"明明天子，令闻不已"，
犹言"亹亹文王，令闻不已"。说虽巧合，究为传意所无，乃
陈奂《传疏》据为毛义，非也。

　　《大雅·瞻卬》篇"鞠人忮忒，谮始竟背"，《毛传》云：
"忮，害。忒，变也。"未释"谮"字。据《释文》云："谮，

---

① 原文作"犹"，今据《毛诗正义》改作"言"。
② 原文作"以"，今据《毛诗正义》改作"有"。
③ 原文无"同"字，今据《毛诗正义》补之。

本又作僭。"疑系故本。此与《小雅·巧言》篇"僭始既涵"文同。彼传训"僭"为"数",《疏》引王肃说云:"言乱之初生,谗人数缘事始自入,尽得容。其谗言有渐。"据王说,盖彼传探下"君子信谗"为释,以为"僭始既涵"指进谗言。"僭"谓频数,义与"屡"同。此篇《传》虽无释,知"僭"亦训"数",谓鞫人者以忮害为心,其术屡迁弗一,数于始者,继亦尽相背违也。郑《笺》于《巧言》篇"僭"字训为"不信",故此《笺》亦同。盖均读"僭"为"谮",与《传》异意。后人因此篇无《传》,因从《笺》意,易经文为"谮始",非传意也。

《大雅·召旻》篇"昔先王受命,有如召公",《关雎》疏引作"昔者先王受命,有如召公之臣"。成伯玙《毛诗指说》引同。寻郑《笺》云:"言'有如'者,本误。时贤臣多[1],非独召公也。"是郑本确有"之臣"二字,此章"命""臣"协韵,"里""旧"协韵,若如今本,于韵不协。

《周颂·我将》篇"伊嘏文王,既右飨之",《毛传》无说。《疏》引王肃说云:"维天乃大文王之德,既佑助而歆飨之。"按:《小雅·宾之初筵》篇、《大雅·卷阿》篇"纯嘏",《传》并训"嘏"为"大",王说是也。惟此诗之意,似谓维大德之文王,既佑助而歆飨之,王云"天乃大文王之德",立

---

[1] 原文作"昔时贤臣多",今据《毛诗正义》改作"时贤臣多"。

词转曲。

《周颂·时迈》篇"我求懿德，肆于时夏，允王保之"，《毛传》云："夏，大也。"按:《左氏·宣公十二年》传楚庄王引此文，以"保，大"为释。《国语·周语》虢文公引此文，亦以"保世以^①滋大"为释。是"夏"为"大"义，与《传》说同。又按:《周礼·春官·钟师》，杜子春注引吕叔玉说，以《鲁语》"金奏《肆夏》《繁遏》《渠》"，即《周颂·时迈》《执竞》《思文》。又引吕氏说云："肆，遂也。夏，大也。言遂于大位，谓王位也。故《时迈》曰:'肆于时夏，允王保之。'"所引吕说，与此篇传意合。疑"遂于大位"，即系《毛诗》师说。盖"肆"之本义训"遂"，实义与"进"同。"肆于时夏"，谓进于此大位也。《思文》篇"陈常于时夏"，亦谓敷陈典法于此大位也。郑《笺》谓"乐歌大者称夏"，非毛义。

《周颂·臣工》篇"奄观铚艾"，《毛传》云："铚，获也。"《疏》引王肃说，训"奄"为"同"。据《执竞》传为说，以上文"命我众人"证之，此蒙"众"言，自以诂"同"为允。郑《笺》诂"奄"为"久"、"观"为"多"，疑非。

《周颂·武》篇"于皇武王"，与《般》篇"于皇时周"语同。彼《疏》引王肃说，训"皇"为"美"。据《烈文》传为说，疑此篇"皇"字亦当诂"美"。郑《笺》训"皇"为

① 原文无"以"字，今据《国语》补之。

"君"，与《般》笺同。乃彼《疏》从王申《传》，此《疏》兼据《笺》文申《传》，既云"可美"，又云"君哉"，非也。

《周颂·丝衣》篇"胡考之休"，《毛传》云："考，成也。"按：此与《载芟》篇"胡考之宁"文同。彼传训"胡"为"寿"，训"考"为"成"，知此篇"胡考"亦与"寿考"义同。近陈奂《传疏》以"胡考之休"为"胡不成休"，误甚。

《周颂·般》篇"允犹翕河"，《毛传》云："翕，合也。"按：《小雅·采芑》篇、《斯干》篇、《小旻》篇、《大雅·抑》篇、《板》篇，各《传》并训"犹"为"道"，本《颂·访落》传同。其有传文无训者，如《小雅·采芑》篇"克壮其犹"，《鲁颂·泮水》篇"式固尔犹"，《疏》申毛义，亦云训"道"。此篇，《传》虽无说，疑亦以"道"诂"犹"。"允犹翕河"，谓信乎周道之大，与河合德也，是即"德洽于河"之义。郑《笺》以"图"为山川之图，然本经"犹"训为"图"，乃图谋之"图"，不谓图书之"图"也《周礼·春官》"以犹鬼神示之居"[1]，不可据以解《诗》。《疏》据《笺》义申《传》，疑非。又《小雅·巧言》篇"为犹将多"、《大雅·文王》篇"厥犹翼翼"、《桑柔》篇"秉心宣犹"，《笺》均训"犹"为"谋"[2]，《传》均无说。以《传》例证之，凡经文"犹"字无释义，均诂"道"。疑彼三"犹"字亦与"道"同，《疏》并据《笺》申

---

[1] 原文作"以猷鬼神祇之居"，今据《周礼》改作"以犹鬼神示之居"。

[2] 原文作"图"，今据《毛诗正义》改作"谋"。

《经》《传》，似均失之。

　　《鲁颂·闳宫》篇"三寿作朋"，《毛传》云："寿，考也。"毛义泛指老寿言。郑《笺》以"三寿"为"三卿"，自系别说。《疏》申毛义，谓"国之三寿考之卿与作朋友"，疑非。

　　《商颂·烈祖》篇"亦有和羹，既戒既平"，《毛传》云："戒，至。"按：传意以此篇"戒"字系"极"假文。知者，《尔雅》："悈，褊急也。""悈"即《说文》"𢛳"字。彼《释文》亦云："悈本或作极，又作亟。"是"戒""亟"二声之字，古恒通假。此文假"戒"为"极"，犹《尔雅》之假"悈"为"𢛳"也。"极""至"义同，故《传》以"至"诂"戒"。"既极"者，无不及也；"既平"者，无不和也。郑《笺》以"既恭肃敬"诂"既戒"，与《传》异义，乃《疏》申传意，以《传》言"戒，至"，谓恭肃敬戒而至，非诂"戒"为"至"。此亦以《笺》意混《传》者也。《采菽》篇"君子所届"，范氏①《三家诗拾遗》引《晏子》，"届"作"诫"，亦"极"假。

---

①　原文作"王氏"，《三家诗拾遗》为清范家相所著，据改。